500파운드와
자기만의 방

500파운드와
자기만의 방

· 정문숙 수필집 ·

산지니

치유와 희망의 글

글을 쓰는 일은 바둑을 복기하듯 지난 시간을 뒤돌아보는 일이었다. 눈을 질끈 감고 덮어버렸던 상처를 자세히 들여다보는 일이기도 했다. 마지막 온점을 찍고 나면 어느새 상처는 아물어 있고 마음마저 치유되어가는 것을 느낄 수 있었다.

몇 편 쓰고 나니, 점점 글 앞에 있는 시간이 많아졌다. 한 달에 사십여 편의 수필을 써 내려갈 정도로 잠들어 있던 이야기가 쏟아지기 시작했다. 글을 쓰고자 하는 마음이 일면 몸과 마음은 온통 글에 사로잡혔다.

생각이 꼬리에 꼬리를 물고 들불처럼 번져 알 수 없는 감정에 휘말려 단숨에 써 내려간 작품도 있고, 구상한 후 치밀하게 글의 개요를 짜서 한 땀 한 땀 비단 천에 수를 놓듯 정교하게 엮어낸 작품도 있다. 다소 불편한 일을 써야 할 경우에는 우화나 허구의 형식으로 돌려 말한 글도 있음을 고백한다.

내 안에서 흘러나와 세상으로 나온 글은 이제 독자에게로 옮겨진다. 어떻게 읽히고 받아들여지는가 하는 문제는 오롯이 독자의 몫이 된다. 한 편 한 편, 읽고 난 후, 가슴에 예쁜 무늬 하나 그려지는, 다시 힘을 얻고 지금을 살아낼 수 있는 위안의 글이 되었으면 한다.

글을 쓰는 딸의 모습을 기특해하시는 어머니, 그리고 웃고 계실 아버지, 힘든 시간을 한마음으로 헤쳐 나온 사랑하는 가족들께 이 책을 바친다.

2017년 11월
정문숙

차례

3부 • 창 넓은 방

1부
반짝이는 방

500파운드와 자기만의 방

두 평 남짓한 학교의 스터디 룸, 그곳에는 나만의 방이 있다. 그 방에서 나의 오후는 학생들과 함께 시작된다. 주로 글짓기 과제나 서평을 작성하기 위해 찾아오고, 자기소개서를 부탁하거나 간혹 공모전이나 취업지원서를 가져오기도 한다.

20대 초반의 학생들은 인터넷을 통해 정보를 찾는 능력이 나보다 훨씬 탁월하다. 그런 그들에게 멘토가 된다는 것은 처음에는 부담이었다. 그러나 그들에게 없는 다양하고 풍부한 경험치, 삶의 연륜은 분명 학생들에게 도움이 될 거라는 자신감이 있었다.

다행히 한때 아이들에게 국어와 논술을 가르쳤으니 글쓰기를 지도하는 일에 대한 부담은 없었다. 가르치는 일을 손에서 놓은 지 10년이 지났지만 그들과 상담을 시작하니 잊어버리지 않았던 모양인지 신바람이 났다.

늦은 나이에 오래전에 손 놓았던 일을 다시 시작하게 된 연유는 이렇다. 오십의 나이에 대학원에 진학하게 되었다. 수필을 쓰기 시작하며 글에 대한 흥미가 되살아났다. 쓰고 싶은 이야기들이 내 안에서 꿈틀거렸다. 소설이라는 형식을 빌려 구현하자 싶어 문예창작학과 대학원에 진학했다. 또 학비에 보탬이 되려고 교육조교를 했다.

그러던 어느 날, 교수학습개발센터에서 글쓰기 강사를 구한다는 연락이 왔다. 부민캠퍼스의 학생들에게 오후 한 시부터 다섯 시까지 글쓰기 멘토가 되어주는 일이었다. 우선, 오후에 근무한다는 점이 마음에 들었다. 오전에 사무실로 출근하는 일도 가능했기에 나에게는 안성맞춤이었다.

공부에 몰입하다 보니 본업은 소홀해져 수입은 절반으로 줄어들었지만 크게 불편함을 느끼지 못했던 것은 씀씀이를 줄였기 때문이다. 습관적으로 백화점으로 향하는 발길도 끊었고, 의식주, 꼭 필요한 곳에만 돈을 썼다.

오전에 출근해서 사무를 정리하고 밀린 일 처리를 하고 있으면 현실의 문제에 맞닥뜨리게 되고, 일과 병행하는 공부 사이에서 갈등하기도 한다. 하지만 오후가 되어 센터의 문을 열고 들어서면 고민은 씻은 듯 사라진다. 오롯이 나만의 방이다. 불을 켜고, 창문을 열고 학생들을 기다리는 동안 컴퓨터를 켠 후 메일을 확인한다.

광고 메일들 사이에 낯익은 메일이 있었다. 한국예술인복지재단에서 온 메일이다. 종종 예술인 복지에 대한 메일이 오곤 하는데 이번에는 예술인의 주거복지에 대한 내용이었다. 예술인이 거주하는 집의 주거 유형은 자신의 소유가 37%, 전세 20.0%, 보증금을 낀 월세거나 그냥 월세가 31.45%라는 조사 보고서였다. 일반인들에 비해 예술인들의 자가 비중이 현저히 낮은 것으로 나타났다. 2017년 1월이 기준이었다.

그리고 지출이 많아 가장 부담이 되는 항목으로는 식비 30.4%, 다음으로 주거비 22.1%였다. 특히 원로예술인과 청년예술인들이 경제적인 문제로 크게 갈등하는 것으로 나타났다.

예술인 중에는 자신의 의지와 철학으로 노마드(유목민)적인 삶을 선택한 경우가 있다. 그러나 경제적 직업적 조건이 여의치 않아 안정적인 주거 환경을 유지하기 힘들어 떠돌 수밖에 없는 예술인이 더 많다.

비교적 임대료가 싼 곳에 예술인이 모이고, 그로 인해 지역

문화가 변화해 상권이 살아나기도 한다. 그러면 또다시 임대료가 올라가면서 정작 가난한 예술인은 떠날 수밖에 없는 사회적 현상이 반복되기도 한다. 이를 젠트리피케이션이라고 한다.

젠트리피케이션(Gentrification)은 중산층 이상의 계층이 비교적 빈곤 계층이 많이 사는 정체 지역인 낙후된 구도심 지역에 정착해, 활기를 불어넣으면서 기존의 저소득층 주민을 몰아내는 현상을 이르는 말이다. 1964년 영국 사회학자 루스 글래스가 런던 도심의 황폐한 노동자들의 거주지에 중산층이 이주해 오면서 지역 전체의 구성과 성격이 변하자 이를 설명하면서 처음 사용한 말이라고 한다. 신사계급을 뜻하는 gentry와 화(化)를 의미하는 fication의 합성어다.

서울 홍익대학교 인근과 신사동 가로수길, 경리단길 등은 가난하지만 개성 있는 예술가들이 모여 독특한 예술 공동체 문화를 만들었던 곳이다. 이 지역에서만 누릴 수 있는 독특한 분위기를 만들어내던 카페와 상가들이 유명해져 유동인구가 늘어났다. 사람들이 몰리자, 기업형 자본들이 물밀 듯이 들어와 임대료를 높여놓았다. 이에 수입이 적은 가난한 예술가나 기존 거주자들을 몰아내고 있다. 제주도 역시 이러한 현상이 극심한 곳이다.

서울보다 심각하지는 않지만 부산에서도 징후가 보이는 몇몇 곳이 있다. 중앙동 일대의 인쇄골목에 위치한 '원도심 문화 예술 창작 예술 공간 또따또가'와 영도의 흰여울마을, 감천 문화마을, 온천천로를 들 수 있겠다. 이에 건물을 시에서 사거나 임대료를 올리지 못하게 법안을 만들자는 대안이 몇몇의 입에서 오르내리고 있으나 쉽지 않은 일일 것이다.

여성들이 작가로서 인정을 받지 못했던 시대에 버지니아 울프는 연간 500파운드와 자기만의 방에 대해서 1928년 캠브리지에서, 〈여성과 픽션〉이라는 주제로 강연했다. 셰익스피어의 시대에 똑같이 재능을 갖추어서 불행했을 그의 누이 주디스 셰익스피어를 상상하며 한 말이다.

'퀴퀴한 책 곰팡이 냄새가 나는 어두운 골방에 천재 소녀가 있다. 그녀는 오빠와 똑같은 재능, 단어의 음조에 대한 예리한 상상력이 있었다. 셰익스피어와 마찬가지로 연극에 대한 소질이 있었으나 어떤 여자도 배우가 될 수 없다는 면전의 박대를 당하게 된다. 그래서 그녀의 재능은 훈련받을 기회를 잃고 말았다. 그녀가 품었던 시인의 마음이 여자의 몸에 갇혀 엉망으로 뒤엉켜 있을 때 그것을 분출하지 못하고 어느 겨울밤 스스로 목숨을 끊었다.'

울프는 수많은 주디스에게 자기만의 방과 매년 500파운드의 돈을 주라고 제안한다. 500파운드는 매년 울프가 상속받은 유산이라고 한다. 그리하여 그녀가 자신의 마음을 털어놓을 수 있도록 해주고, 지금 쓰는 글의 절반을 다 삭제한다고 해도 내버려두자고 강연한다. 그러면 머지않아 그녀는 더 나은 책을 쓰게 될 거라는 것이다. 그렇게 100년의 시간이 지나면, 그녀는 시인이 되어 있을 거라고 말한다.

재능 있는 작가가 자기만의 글을 쓰기 위해서는 예전이나 지금이나 가장 절실한 것이 자기만의 방인 모양이다. 자기만의 방은 공간이면서 곧 시간과 돈을 의미할 것이다. 또 연간 500파운드란 심사숙고할 수 있는 능력을 말함이고 스스로 사고할 수 있는 능력을 말함일 것이다.

경제 활동을 해야 하는 생활인으로서 나는 자기만의 글을 쓰고 싶어 하는 작가의 길에 들어섰다. 울프 시대의 여성들에 비하면 나는 행운아일지도 모른다. 비록 빠듯한 생활비를 걱정해야 하고 각종 공과금을 내는 말일에는 어쩔 수 없이 갈등을 하기도 하지만 말이다.

닫힌 문 사이로 학생들의 발걸음 소리가 멀어지고 늦은 오후의 햇살이 버티컬 사이로 비집고 들어올 때 즈음 컴퓨터를 다시 켠다. 두 평 남짓한 곳, 나만의 방에서 또 다른 내일을 꿈꾸며 내 안에 잠들어 있는 주디스 셰익스피어를 만난다.

겨우, 은행 문턱은 넘었는데

오래된 지인들과 해외여행을 가기로 했다. 해마다 봄, 가을에 여행을 가는데 올해의 여행지는 일본이다. 비교적 많은 이들이 참석할 수 있고 회원들의 일정을 조절하기도 좋을 것 같아서 회의를 거쳐 연초에 미리 예약을 해두었다.

환전만 하면 모든 준비는 끝인 셈이었다. 직장 근처의 은행을 이용하기로 했다. 처음 이용하는 곳이다 보니 주차장을 찾기 힘들었다. 몇 번 환전을 해본 적이 있기에 금방 끝날 거라 생각해서 길가에 바짝 차를 붙여 세워놓고 은행으로 갔다.

은행의 입구에 있는 현금지급기에서 돈을 인출했다. 은행 안으로 들어가 번호표를 뽑은 후, 안내에 따라 환전 창구 앞

으로 갔다. 편하게 앉아서 기다리라는 말에 "괜찮습니다."라
는 인사를 건네고 서서 기다렸다. 곧 끝날 것 같던 상담이
길어졌다. 기다리는 동안 은행을 찬찬히 둘러보았다.

은행의 구조가 독특했다. 한쪽은 고객이 선 채로 상담을 받
을 수 있도록 해놓았고 다른 한쪽은 편하게 앉아서 상담을
받을 수 있도록 되어 있었다. 아마도 금방 끝날 수 있는 업무
와 시간이 걸리는 일에 따라 자리를 배치해둔 것 같았다.

최근에 갔던 은행을 떠올려봤다. 은행거래를 자주 하지만
은행에 직접 갈 일이 근래에는 거의 없어서 그런지 잘 떠오
르지 않았다. 통장으로 들어오는 월급과 남편이 보내는 생
활비는 인터넷뱅킹과 폰뱅킹을 통해 들어오고 하루도 지나
지 않아 전국 곳곳으로 보내진다. 아파트 관리비, 카드 대금,
보험료, 후원금 등의 명목으로 빠져버린다. 오죽하면 통장을
터미널이라고 할까. 잠시 스쳤다 곧 다른 곳으로 옮겨지니
틀린 말이 아니다.

겨우 한 달에 한 번 정도 은행을 돌며 통장정리를 할 때에
입구의 통장정리기를 이용한다. 간혹 현금이 필요할 때에도
현금지급기 앞에서 출금하니 은행 안으로 들어가본 적이 언
제였는지 잘 기억나지 않는 것도 무리는 아니다.

은행을 방문한 사람은 나를 포함하여 모두 네 명이었다.

큰 규모에 비해 비교적 한산했다. 내가 대기하고 있는 환전 창구에는 오십 대 후반쯤 되어 보이는 여성이 상담을 받고 있었다. 나머지 두 사람도 앉아서 상담을 받고 있었다. 비슷한 직종에 종사하다 보니 자연스럽게 그들의 대화에 귀 기울여졌다. 너른 공간에서 두세 명 상담하니 귀를 쫑긋 세우지 않아도 크게 들렸다.

한 사람은 만기 적금을 찾으러 왔고 다른 이는 일시금을 예탁하고 있었다. 또 다른 이는 단골 고객인 듯 개인사까지 나누며 환율에 대한 얘기를 했다. 조금 지나 환율 얘기가 끝나고 또 다른 상담이 이어졌다. 달라진 은행 분위기를 보니 미래 금융권의 변화 방향에 대해 발표한 내용이 생각났다. 현금지급기에 대해 던진 우스갯소리도 떠올랐다.

한마디로 은행의 문턱이 더 높아질 거라는 예상이었다. 현금지급기는 고객을 위한 서비스 시스템이 아니라 고객을 선별하는 시스템이라는 거였다. 입출금을 하는 고객이나 나 같은 서민은 은행 안에는 들어가지도 못하고 예금 상담이나 신용대출 등 큰돈을 움직이는 알짜 고객들만 안으로 들여놓게 되는 시스템이 바로 현금지급기라는 거였다.

한참 생각에 빠져 있는데 마침 한 곳의 업무가 끝나고 있었다. 데스크에 앉은 직원은 내 나이 또래쯤 되어 보이는 여성이었다. 단정한 유니폼이 잘 어울렸다. 일이 끝났는지 이 자를 계산한 돈이 바구니에 담겨 손님에게 건네졌다. 밖에 세워둔 차 걱정에 은근 마음 졸이고 있었는데 드디어 내 차 례가 오는구나 싶어 지갑에서 돈을 꺼내었다.

그러나 은행원이 만기금으로 새로운 상품에 가입하라는 권유를 하며 일어나려는 고객을 붙들었다. 권유하는 상품을 들어보니 예정이율 2프로대의 종신 보험 상품이었다. 납입 기간을 짧게 하여 적금 형태로 가져가라는 것이다. 생각해보 겠다는 말을 하고 자리에서 일어나려 하자 자신의 아이들도 적은 돈으로 시작했다며 이달 말까지 판매되고 없어진다는 말로 손님의 대답을 촉구했다.

갓길 주차가 가능한 곳이었지만 밖에 세워둔 차도 신경 쓰 이고 학교까지 가려면 지금쯤 출발해야 되겠다 싶어 초조해 졌다. 시계를 보니 은행에 들어온 지 이십여 분쯤 흘렀다. 대 기하는 고객이 있는데도 실적이 중요했던지 말꼬리를 잡고 놓아주지 않았다. 절실함이 느껴지는 표정으로 봐서는 계약 서에 사인을 하기 전에는 보내지 않을 것 같았다.

환전하는 데 걸리는 시간이야 신분증 제출하고 현금 주고 엔화를 받으면 끝나는 일이다. 오 분도 채 되지 않으니 슬쩍 양해를 구해볼까 싶은 생각도 들었다. 그러나 일어날 듯하면 주저앉히고 그러기를 몇 번 더 하니, 속절없는 시간만 흘렀다. 몇 분이 더 지나갔다. 겨우 화를 삭이며 연신 시계를 쳐다보는데 그 옆쪽에서 자리가 났다.

환전을 하고 있는데 금방 들어온 다른 고객이 끈질기게 보험을 권유하던 그 직원 앞에 앉았다. 해약하러 왔다는 것이다. 그녀는 대뜸 다음에 해약하면 안 되냐고 했다. 오늘이 말일이라 실적에서 빠진다는 것이다. 그녀의 치열한 근성에 두 손을 들고 말았다. 같은 업종에 종사하는 처지에서 볼 때, 충분히 본받아 마땅한 태도가 아닌가.

엔화를 건네주는 직원한테 참지 못하고 한마디 했다. 은행이 고객을 선별하고, 없는 사람한테는 은행 문턱이 점차 높아진다더니 정말 그런 것 같다고 했더니 유독 자기네 은행이 그런 것 같다며 근무하는 직원들도 힘들다고 했다.

직원은 오래 기다리게 해서 죄송하다며 거듭 사과했다. 나는 화를 삭이지 못하고 또 한마디 했다.

"창구마다 고객들의 업무는 끝난 것 같은데 영업하느라 손님을 놔주질 않네요."

"아마 앞으로 환전 지급기도 생길 것 같아요."

이에 질세라 직원도 응수했다.

필요에 따라 생길 것이라는 직원의 말이었지만 그 말이 내게는 은행 영업에 도움이 되지 않는 고객들은 이제는 은행 문턱을 넘을 일도 없을 것 같다는 말로 들렸다. 어쩌면 환전을 위해 이십여 분을 기다리며 느낀 무시당한 것 같은 기분 탓인지도 모른다. 저금리 시대에 은행이 살아남기 위한 방법으로 모색한 일이라는 것을 모르지 않는다. 다른 은행들에 비해 빠른 대응이 낯설었을 뿐이다.

오늘은 겨우 은행의 문턱은 넘었지만, 앞으로 나 같은 사람은 은행 문턱 넘는 일이 하늘의 별 따기보다 어려운 일일 수도 있겠다 싶은 생각이 들며 쓴웃음이 났다.

까치발

허리가 아파서 병원을 찾았다. 컴퓨터단층촬영 결과 양쪽 다리 길이가 다르고 골반도 틀어져 있단다. 발의 아치가 무너져 자세에 영향을 주면서 나타난 연쇄반응이라고 의사는 덧붙였다. 결국 발이 통증의 원인이었던 셈이다.

몇 년 전에도 비슷한 증상 때문에 고생을 한 적이 있었다. 그때 치료를 하며 발바닥의 오목한 부분을 아치라 부른다는 것을 알았다. 아치가 무너지면 평발이 되어 다른 근육들에 도 큰 변화를 미친다고 했다. 의사의 권유에 따라 아치를 살 리는 교정치료용 깔창을 샀지만 자주 사용하지 않아 효과를 보지 못했다.

직업의 특성상 주로 정장을 해야 하기에 하이힐을 신을 수밖에 없었기 때문이다. 하루 종일 굽 높은 구두 위에 나를 얹고 다니다 보면 발은 퉁퉁 부어 있기가 일쑤였다. 하이힐이라는 까치발을 한 채 발끝으로 세상을 지탱하느라 얼마나 힘이 들었는지, 일 욕심 많은 주인을 만난 탓에 발이 고생을 벗어나지 못했다.

돌이켜보면 어린 시절에도 까치발을 자주 했던 것 같다. 내 키보다 높은 곳에 닿기 위해 조그만 발끝에 빳빳이 힘을 주곤 했다. 뒤꿈치를 들고 보는 세상은 분명 내가 갖고 싶어 했던 무언가를 숨겨두고 있었다. 까치발은 내가 원하던 것을 어김없이 가져다주었으니까. 손이 닿지 않는 시렁 위에 숨겨진 달콤한 과자나 사탕도 까치발을 해야 주어지는 것들이었다. 보이지 않는 곳을 보고, 잡히지 않는 물건을 잡기 위해서는 까치발을 해야만 한다고 일찌감치 터득한 셈이다.

어린 시절 나의 까치발은 희망이나 기다림이기도 했다. 해는 뉘엿뉘엿 기우는데 들일 나간 엄마는 돌아오지 않았다. 엄마 젖을 찾느라 칭얼거리며 내 등에 연신 입을 갖다 부비고, 손가락을 빨며 배고픔을 달래는 동생을 업고 마을 앞 들녘을 내다볼 때도 아마 까치발이었을 게다. 그럴 때면 저 멀리 구불구불 굽은 대천머리 논두렁에서 흰 머릿수건을 흔들며 바삐 걸음을 옮기는 엄마가 눈에 들어왔다. 까치발로 폴

짝폴짝 뛰며 엄마를 부르면 동생도 덩달아 뒤에서 엉덩이를 콩콩 찧으며 뛰었다. 그때 동생도 엄마를 보느라 까치발을 하고 있었지 싶다.

오래전에 태백 철암의 명물인 까치발건물에 들른 적이 있다. 철암천에 기둥을 세워 지어진 건물이다. 좁은 땅에 많은 사람이 살 수 있도록 탄광촌 사람들이 고안해낸 방식이란다. 환경을 극복한 인간의 피조물이었다고 할까. 폐광 후 거의 사라지고 몇 동만 남아서 힘든 시절, 고단했던 사람들의 흔적이 되고 있었다. 마치 얼기설기 기운 누더기처럼 사방으로 갈라진 틈을 메우느라 건물은 회벽 땜질로 덧칠되어 있었다.

삐걱거리는 문을 열고 닫으며 얼마나 많은 사람들이 삶을 기대었을지. 즐비한 건물들이 까치발을 든 것 같다고 하여 까치발건물이라 불렀다고 하지만 삶의 애환이 묻어나는 이름에 마음속에서 바짝 치켜들었던 까치발이 저절로 내려지기도 했다. 이제는 전시관이나 역사관으로서 명맥을 유지하고 있었다. 하이힐을 신고 힘들게 서 있는 까치발건물에는 광부들의 삶이, 탄광촌 사람들의 가파른 숨결이 새어 나오는 듯해서 관광지에 왔다는 가벼운 생각보다 역사탐방을 다녀온 듯 한동안 숙연한 마음을 떨칠 수가 없었다.

그 당시 내가 처한 현실의 모습과 꼭 닮은 듯해서 돌아오는 내내 마음이 짠했던 기억도 있다. 그때 나는 채권자들의 빚 독촉으로 인해 하루하루를 아슬아슬하게 버티던 때였다. 주식 열풍이 불어 하루아침에 떼돈을 벌었다는 사람들의 얘기가 심심치 않게 흘러나올 때였다. 때마침 친구가 주식으로 큰돈을 벌었다. 그 돈으로 창업을 해서 몇 배의 재산을 손에 거머쥐는 것을 내 눈으로 보았던 터였다.

처음엔 수입이 제법 짭짤했다. 굳이 육신을 굴리지 않고도 주머니가 든든히 채워진다는 사실이 나를 부풀게 했다. 발품을 팔아 증권가 정보를 얻기도 하며 남편 몰래 투자를 하게 되었다. 컴퓨터 앞에 앉아 몇 번의 클릭으로도 월급보다 큰돈이 매일 통장으로 들어왔다.

그쯤에서 그쳤어야 했다. 결과는 참담했다. 뒤늦게 거품이 빠지며 주식은 급락하게 되었고 무릎에서 사서 어깨에서 팔겠다던 야무진 생각이 모두 헛된 꿈이라는 걸 깨닫는 데는 그리 오랜 시간이 걸리지 않았다. 외려 머리에서 사서 발바닥 끝에서 판 꼴이 되고 말았다.

지금에서야 돌이켜보면 일확천금이야말로 함부로 가져서는 안 되는 주의를 요하는 것들의 또 다른 이름이었다. 현실이 뒷받침되지 않고, 땅에 발을 붙이지 않은 까치발이야말로 허투루 해서는 안 되는 것이었던 셈이다.

새로운 직장을 구하고, 다시 처음이라는 각오로 열심히 뛴 덕분인지 몇 년 지나지 않아 평온한 현실로 다시 돌아왔다. 그러나 이미 까치발이 익숙해져버린 탓일까. 요즈음도 문득 높은 곳을 바라보게 된다. 내 능력보다 위에 있는 것을 마음에 품고 안달하기도 한다. 이상은 높게 가지라지만 생각해보면 나는 이상 그 이상의 무엇에 목숨을 걸고 달려오지 않았나 싶기도 하다. 그러니 내 두 발은 늘 까치발을 벗어나지 못했을 게다. 제아무리 무쇠다리라 해도 고장이 날 수밖에.

의사의 처방에 따라 굽이 낮은 신발을 샀다. 안쪽 밑창에 볼록한 아치 모양이 있는 치료용 신발이다. 발바닥의 무너진 아치를 되살려준다고 하여 시간이 날 때마다 부지런히 신다 보니 허리 통증도 한층 나아졌다. 발이 편해서인지, 평소보다 더 많이 걷고 더 많은 사람을 만나며 그들과 함께한다. 걷다 보면 악지 세게 끓어오르던 마음은 시부저기 가라앉고 어련무던해지곤 한다.

요즘은 또 다른 까치발을 연습하는 중이다. 욕심 많았던 발을 내려놓고 어린 시절 했던 순수한 까치발을 자주 한다. 새벽에 일어나 식구들의 잠을 깨울까 봐 조심조심 발끝으로 걸으며 아침을 열고, 저녁이면 일터에서 돌아와 가족을 기다리며 종종걸음으로 저녁을 준비하며 가족을 위한 까치발을 한다.

  또한 미처 손이 닿지 않는, 구석지고 소외된 곳의 이웃을
위해 남모르게 까치발을 들기도 한다. 그리고 그들의 목소리
를 좀 더 가까이에서 듣기 위해 다가가기도 한다. 내 욕심을
채우기 위해서가 아니라 남을 배려하는 까치발이랄까. 무너
진 아치 덕분에 순순한 삶을 살아야겠다는 지침 하나를 일
으켜 세우며 다시, 까치발을 한다.

가지치기

아침부터 인부들이 아파트 화단을 정리하고 있었다. 길가
로 뻗어 나온 잔가지를 잘라낸 나무는 토르소처럼 괴이한
모습이있다. 잎이 떨어지고 가지마저 잘려나가 감추어진 곳
하나 없는 모양으로 나무는 겨울을 나려나 보았다.

봄이면 자목련을 피워 올렸던 목련나무, 담장을 노랗게 물
들였던 개나리나무, 하얀 벚꽃을 터뜨려 가슴을 설레게 했던
벚나무도 말끔히 정돈된 모습으로 서 있다. 사철 꽃을 바꾸
어 피워 올리는 아파트 화단은 시시때때로 나의 시심을 흔들
어 놓았지만 꽃이 지고 잎마저 떨어뜨린 나무를 볼 때마다
어수선한 마음을 숨길 수가 없었다. 마침 가지치기를 끝낸
화단을 보고 있으니 알 수 없는 안도감을 느낀다.

날아오는 새 한 마리 숨을 곳이 없는, 아무것도 남아 있지 않은 나무에서 정직한 절망을 읽는다. 그것은 곧 희망의 시작이라는 신호탄이라 읽히기도 한다. 나무의 마디가 꺾이고 수액의 흐름마저 멈추는 단절이 일어나는 처절한 한때를 보낸 후에야 비로소 나무도 봄을 맞을 자격을 얻을 수 있음이리라.

봄이 되어 가지를 뻗어 마디를 짓고 또 가지를 뻗어 나가는 것도 가지치기라고 한다. 강물과 강물이 합치듯 나무는 서로의 가지를 뻗어 손을 맞잡고 하늘로 길을 낸다. 이처럼 가지치기는 확장의 의미를 내포하고 있다.

가지치기한 나무는 이듬해에 더 많은 꽃을 피우고 더 실한 열매를 맺는다. 가지치기는 오래된 나무에 생기를 북돋우기도 한다. 흔들리면서 깊이 뿌리를 내렸던 나무는 매년 잘라내도 또 자라 거목이 된다. 상실과 확장을 반복하는 나무의 생애 주기가 경이롭다.

한 사람이 태어나서 자라고 결혼이란 과정을 거쳐 자신과 닮은 2세를 낳는다. 한 사람의 일생 중에 마디를 짓고 성장 변화하는 때를 점으로 연결시킨 것을 사람의 생애 주기라고 한다. 생애 주기의 반복으로 한 세대와 다음 세대가 이어지는 것이 아닌가.

잘 정돈된 나무를 보고 있으니 모 공모전에서 수상한 내 글을 평한 심사위원의 말이 떠오른다. 한 치의 오차도 없이 교과서에서 배운 글처럼 자로 잰 듯 쓴 수필이라는 것이다. 그것이 오히려 감점요인이 되었다는 것이다. 나는 심사평이 마음에 들었다. 비록 원고지 15매 분량의 짧은 수필이지만 완성도 높은 글을 쓰기 위해서는 몇 번의 퇴고를 거치는지 모른다.

겨우 아지랑이처럼 꼬물거리는 생각의 실마리를 붙들고 거기서 또 확장하고 사유를 거친 후 생각의 가지치기를 하면서 분량을 늘려 나간다. 사유가 많아 분량이 많을 때에는 이미 쓴 글을 잘라내는 가지치기를 또 한다.

완성한 글을 군더더기 없이 퇴고하는 일은 언제 해도 힘든 작업이다. 심사숙고해서 완성한 문장을 글의 흐름을 고려하여 버려야 한다는 판단이 서면 가차 없이 가지치기를 해야 하지만, 아까워서 붙들고 있다가 결국 버려야 좋은 글이 된다는 사실만 깨닫기도 한다.

지금 나는 어떤 시기일까. 나의 인생그래프는 어느 점을 찍고 있을까. 대학을 졸업하고 결혼하여 아이를 낳고 키우며 가지를 뻗어 나가던 한때도 있었다. 내 나이 오십 즈음, 이제는 청춘의 꽃은 지고 실한 열매도 맺었으니 또 다른 가지치기를 해야 할 때가 아닌가 싶다.

수학에서 어떤 그래프의 기울기가 양에서 음으로, 음에서 양으로 바뀌는 그 찰나의 순간을 변곡점이라고 한다. 또 기업의 생존과 번영에 있어 근본적인 변화가 일어나는 특정 시기를 전략적 변곡점이라고도 한단다. 나의 지금이 바로 그러한 시기이지 싶다.

너무 많이 펼쳐놓아 수액을 밀어 올려도 닿지 못하는 버거운 가지는 미련 없이 버려야 할 때이다. 스스로 침잠의 시간 속으로 들어가, 버거운 잎은 떨어 버리고 비바람과 폭풍우에 스스로 잔가지를 내어주어 가지치기해야 한다. 가지치기할 때에는 잘려나간 나뭇가지에서 더 큰 줄기가 생겨나듯 옹골차지 못한 나를 버려야 거기에 더 큰 내가 일어선다는 믿음에 기대어 주저함이 없어야 한다.

어느 날 학교에서 돌아온 딸이 인생그래프에 대해 배웠다며 나에게 몇 가지 질문을 던졌다. 질문의 결과를 종합해보더니, 나는 현재 20대의 삶을 살고 있다고 했다. 아마도 늦게 학교에 들어가서 하고 싶은 문학을 공부하고 있기에 아직은 꿈이 있는 젊은이의 삶을 살고 있다는 데이터가 나온 것 같았다.

오십의 나이를 목전에 두고, 하고 있는 일에 대해 깊이 생각하는 시간을 가졌다. 다시 인생을 리셋하기 위함이었다. 하나를 얻자면 하나를 내어주어야 된다는 것을 알고 있기 때문이며, 차고 넘치는 것을 좋아하지 않는 성격 탓이다. 그 시점이 내 생애 주기에 있어서 내적으로 가장 큰 변화가 일어나는 변곡점인 셈이었다.

돌이켜 생각해보면, 심사위원의 심사평은 비단 글의 한 부분만을 보고 내린 평가는 아니었던 것 같다. 글에 담긴 작가의 살아가는 삶의 방식이나 글로 풀어낼 때 쓰는 사유의 틀, 글의 형식이나 표현 등을 두고 평가하는 말일 것이라 짐작해본다. 한 걸음 한 걸음 걸어가는 대로 만들어지는 궤적의 그래프가 개인의 삶이라면 어떻게 살아야 가치 있는지도 스스로 찾아내어야 한다.

앙상한 토르소처럼 서 있는 나무를 보니 인생의 중반에 들어서 살아가는 방식으로 택한 가지치기를 다시 생각하게 된다. 지금의 나를 버릴 수 있을 때, 거기서부터 모든 것은 다시 시작된다는 것을 저 나무도, 나도 알고 있음이다. 나무와 나, 겨울의 거센 바람 앞에서 기꺼이 지금을 내맡기고 가지치기하며, 또 다른 시작을 꿈꾸고 있다.

꽃은 무엇으로 진정성*을 말하는가

만개한 벚꽃을 보러 오사카에 갔다. 개화시기가 작년에
비해 늦어져서 겨우 몇 송이 핀 벚나무만 실컷 보고 왔다. 하
루 잘 먹자고 열흘 굶는다는 말이 있듯이, 오사카의 벚꽃을
볼 거란 생각에 집 앞에 활짝 핀 벚꽃에도 별 눈길을 주지
않았었다.

아쉬움을 달래며 집 앞의 벚꽃이라도 남아 있으려나 하는
기대를 하고 돌아왔다. 막상 와 보니 그 사이에 비가 내려서
벚꽃은 죄다 떨어지고 빨간 꽃대만 남아 있었다. 꽃구경을
놓쳐버렸다 싶어 이래저래 속이 상했다. 그래서인지 올봄에
는 꽃에 대한 갈증이 더욱 심했다.

이런 억울함을 풀 기회가 왔다. 주말에 친정어머니 생신이

있어 고향에 가야 했다. 막 운전면허를 딴 딸에게 도로 연수도 시킬 겸 우리는 국도로 들어섰다. 속도를 절반으로 줄이고 국도를 달리니 마음마저 여유로워지는 것 같았다. 딸아이 옆에서 운전에 대해서 이것저것 알려주던 남편은 긴장을 풀지 못하는 딸에게 차분하게 잘하고 있다며 칭찬했다. 나는 뒷좌석에 앉아 두 사람의 모습을 카메라에 담기도 하고, 바깥 경치를 구경하다가 예쁜 장면이 포착되면 셔터를 누르기도 했다.

고속도로가 생기기 전, 부산과 고향집을 오고 갈 때 자주 이용하던 길이다. 오래전에는 빽빽한 버스 안에서 손잡이를 꼭 잡고 있어도 구불구불 휘어진 길 따라 몸이 쏠리기도 하고 넘어지기도 했다. 포장되지 않은 도로에서 버스가 덜컹대는 바람에 차멀미를 하기도 했다. 속력을 내려고 해도 저절로 저속으로 달릴 수밖에 없는 산길이었다.

그때와는 달리 도로는 잘 닦여 있었다. 한방 축제와 다양한 지역 문화 상품이 개발되어 관광객들이 많이 지나다니는 길목이어서 그런지 벚나무 가로수도 조성되어 있었다. 기온이 낮은 산길이라 이제 갓 봉오리를 터뜨린 듯 상처 하나 없는 꽃송이들로 거리가 환했다.

때늦은 꽃구경에 탄성이 절로 나왔다. 우리는 길가에 차를 세우고 가족사진을 찍었다. 나는 참하게 피어 있는 한 송이의 꽃을 찍기도 하고 꽃 풍선을 매단 것 같은 벚나무를 찍기도 했다. 벚꽃 무더기 사이로 셀카가 잘 나온다는 각도로 얼굴을 비스듬히 기울여서 한 컷 남겼다.

꽃을 배경으로 찍은 내 얼굴이야 오십을 넘겼으니 꽃처럼 예쁘지 않다는 것을 잘 알고 있다. 내가 봐도 예쁘지 않고 그렇다고 누군가에게 보여줄 사진도 못 되기에 찍은 후 금방 삭제하고 만다. 삭제될 사진인 줄 알면서도 나는 왜 셀카를 멈추지 못하고 있는 걸까. 남기지도 않을 셀카를 찍는 심리가 문득 궁금해졌다.

흔히들 셀카를 즐겨 찍는 이들을 보고 자기애에 사로잡힌 사람들이라고 단정 짓기도 한다. 그렇다면 나는 자기애, 즉 나르시시즘이 충만한가. 자기애가 없는 사람이 있을까마는 정도의 차이는 있을 성싶다.

아무리 생각해봐도 나는 나르시시즘과는 거리가 있어 보인다. 살아가면서 늘 부족함이 많은 자신을 발견하고 노력하기를 멈추지 않는 편이기 때문이다. 오히려 끊임없이 성취해야 할 거리를 찾아 자신을 혹사시키는 면이 있으니 말이다.

프로이드는 나르시시즘을 두 가지 형태로 정의했다. 일차적 나르시시즘은 리비도의 대상이 '나'이다. 이차적 나르시시즘은 리비도의 대상이 '남'에게 향하지만 어떤 문제에 부딪혀 남을 사랑할 수 없게 되어 다시 자기 자신을 사랑하는 상태로 돌아오는 것이라고 했다. 요즘 나르시시즘은 사회문화적 현상으로 이해되기도 한다.

건강한 나르시시즘은 개인에게는 성취도를 높이고 삶의 만족도를 높이기도 한다. 반면에 병적인 나르시시즘은 타인과의 관계에서 문제를 일으켜 세상과의 단절을 가져오기도 하며 스스로를 고립시키기도 한다. 자신의 재능이나 능력을 과대평가하며 타인의 평가에 민감하고 집착하는 편이라고 한다.

최근에 읽은 책에서 인상적인 문구를 본 적이 있다. 셀카 중독은 자기애와 별 상관이 없는 고립된 나르시즘적 자아의 공회전일 뿐이라는 것이다. 자기 자신이 관심의 대상이 되어 있는 상태라는 것인데 그것이 상대, 혹은 주변과 유기적으로 연결되어 있지 않다는 것을 달리 표현한 말일 것이다.

그렇다면 SNS의 발달은 위의 이론을 반증하고 있는 것은 아닐까. 이러한 내면의 공허에 맞닥뜨린 사람들은 자신을 생산하려고 헛되이 노력하는 셈이다. 다시 말하자면, 타자와 깊이 관계 맺어지지 못한 텅 빈 불안한 자아를 세련되게 포장한다는 말이 된다.

요즈음, 진정성이라는 말이 자주 오르내리고 있다. 지금 우리가 살고 있는 현재는 모든 것을 공유하는 오픈된 인간관계를 맺고 있다. 블로그, 트위터, 페이스북, 등등. 그럼에도 불구하고 우리는 서로가 서로에게 내적으로 가깝다고 느끼지 못한다. 오히려 보이는 한 겹 뒤에 감추어진 본질에 대한 것을 갈망한다.

사물의 본질, 그것은 곧 진정성의 다른 말이지 싶다. 또 진정성이란 단어를 달리 표현하면 '온몸과 마음을 다하여'라는 말로 바꿔 말해도 무방하겠다. 진정성의 의미를 이것 외에 달리 적확하게 표현할 말을 아직 찾지 못했다.

누군가 꽃을 보면 마음이 아프다고 했다. 곧 시들고 만다는 것을 알고도 피는 꽃이 어찌 애달프지 않느냐고도 했다. 그 진자리가 곧 흉터이며 또 다음 해에 그 상처를 찢고 또 꽃은 핀다. 이것이야말로 꽃의 진정성이 아닐까 싶다.

생명이 있는 것은 온몸과 마음을 다하여 새봄을 맞이하기 위해 남은 계절을 고통 속에서 보낼 것이다. 마침내 스스로 몸에 생채기를 내어 눈을 틔우고, 봉오리를 맺고 꽃잎을 활짝 연다. 이 모든 것이 꽃들의 언어로 표현하는 꽃의 진정성이리라.

아픈 자리가 상처를 보듬어야 새살이 돋고 상처 난 곳보다 삶의 욕구가 더 강할 때 상처는 아문다고 한다. 그래서 상처가 아문 자리는 주변의 살보다 더 도톰해지는 모양이다. 사람도 상처가 아물고 나면 한층 성숙해지지 않던가.

차를 세워두고 벚나무 아래에서 사진을 찍는 사람들이 늘어나고 있다. 카메라 앞에서 포즈를 취한다. 꽃무더기 앞에서 환호작약하는 이들은 꽃이 곧 꽃의 상처라는 것을 알기에 꽃으로 몰려드는 것일 게다. 벚꽃은 곧 온몸과 마음을 다해 만들어낸 벚나무의 진정성이라는 것을 말이다.

벚나무를 흔들어 떨어지는 꽃잎을 잡는 설정으로 셀카 몇 장을 더 찍었다. 사진 속의 나는 벚꽃에 질세라 만면에 웃음을 짓고 있다. 시들고 남루한 얼굴에 주름이 깊다. 주름 위로 꽃잎 하나 멈춰 있다. 떨어지는 꽃과 나. 벚나무 아래에서, 우리는 다른 언어로 진정성을 말하고 있다. 오사카에서 보지 못한 꽃구경을 원 없이 한 봄날이었다.

* 『타자의 추방』, 「진정성의 테러」 인용, 문학과지성사, 한병철, 이재영 옮김.

할리 데이비슨(harley davidson)

그들을 부르는 이름이 많다. 어떤 이는 '밀양'이라 부르고, 또 누군가는 '못 박기의 전설'이라 한다. 나는 그들을 할리 데이비슨 부부라 한다. 할리 데이비슨은 그들이 새로 구입한 오토바이 브랜드다.

우리의 인연이 시작된 지는 이십 년이 훌쩍 넘는다. 첫 아이가 유치원에 다닐 때 학부모로 만났다. 첫 아이를 키우다 보니 육아에 서툴렀던 나는 유치원 행사에서, 또 사적으로도 자주 만나 정보를 교환했다. 아이들이 다른 학교로 진학하면서 자연스럽게 왕래가 줄다가 가끔 길에서 만나면 안부를 묻는 사이로 변했다. 몇 년 후, 오래 살던 곳에서 이사를 했기에 길에서 만나는 일도 없었다.

만날 사람은 만나게 된다는 말처럼 아주 우연히 의외의 장소에서 우리는 다시 만났다. 늦은 오후였다. 그날따라 일이 잘 풀리지 않아 힘없는 발걸음으로 사무실에 들어갔더니 옆자리의 동료가 사무실 옆의 포장마차로 손을 잡아끌었다. 소주 한잔하며 모두 털어버리고 집으로 가자는 거였다.

서면 한전과 사무실 사이의 도로는 밤이면 포장마차 거리로 변신한다. 포장마차는 비닐 포장으로 하늘 아래 또 하나의 하늘을 만들고, 백열전구로 어둠을 밝혀 피로한 발걸음이 종종거리며 찾아드는 곳이다. 하루 일과를 마친 이들이 심신을 풀어놓고 세상사를 함께 나눈다.

취업을 준비하는 학원가가 밀집해 있고 크고 작은 사무실이 많아 거리는 사람들로 북적거린다. 빨간 플라스틱 의자에 삼삼오오 둘러앉아 닭발 안주 시켜놓고 소주 한잔 기울이는 이들로 거리는 발 디딜 틈이 없을 때가 많다.

손님들의 눈길을 잡아끄는 상호를 쭉 훑어보았다. 들어가기 전에는 그 집의 분위기를 알 수 없으니 마음을 사로잡는 상호를 찾았다. '밀양'이라는 문구가 눈에 띄었다. 그 밑에 작은 글씨로 '오케이캐시백'이라는 마크가 찍혀 있었다. 포장마차에서 캐시백 서비스가 될 리 없지만 마일리지 적립에 민감한 젊은 층을 겨냥한 주인의 감각에 눈길이 갔다.

가게에 들어서자 인사를 건네는 주인과 눈이 마주쳤다. 오랫동안 만나지 못했던 언니 부부였다. 그동안 소식이 끊어졌지만 다시 보니 몇 년의 세월이 무색할 정도로 지금까지 만나왔던 사람들처럼 자연스러웠고, 또 친동기를 만난 것처럼 반가웠다.

그들은 나와 비슷한 시기에 서면에 자리 잡았다. 서면 대로에서 '못 박기의 전설'이라는 문패를 내걸고 지나가는 이들을 즐겁게 해주는 일을 하는 형부를 따라 이사했고, 언니는 그때부터 밀양이라는 포장마차를 시작했다. 고등학교 동창생이었던 두 사람의 고향 이름을 따서 밀양이라는 상호를 지었다. 물론 캐시백은 형부의 장난기가 발동해서 만들어진 것이다.

사무실을 나서면 발길은 자연스럽게 그리로 향한다. 이른 시간에는 손님이 많지 않기에 잠시 얼굴이나 보고 가자는 마음이다. 정갈하게 음식을 장만하는 언니 옆에서 예전처럼 마음을 털어놓게 된다. 그때와 달리, 아이들 이야기가 아닌 세상살이 푸념이 주를 이룬다. 자리에서 일어날 즈음에는 소소한 일상의 힘듦도 불안한 내일에 대한 걱정도 훌훌 털어버려 한결 가벼워진 마음이다.

그날도 무슨 일인지 정확한 기억은 없지만, 심사가 뒤틀려

하소연하고 있었다. 언니의 영업 준비를 도와주고 일터로 가려던 형부가 나를 보고 재미있는 이야기 하나 들어볼 거냐며 이야기를 시작했다.

작은 공장을 운영하는 사장님은 갖은 실패를 거듭하다, 한 장 한 장 벽돌을 쌓듯 힘들게 사업을 일으켰고 점점 사업장도 커지고 재산도 늘었다.

열심히 남편을 도와 공장 일을 돕던 부인에게는 작은 꿈이 있었단다. 바다가 보이는 전망 좋은 아파트에서 최상급 오디오 시설을 갖춰놓고 물소가죽 소파에 앉아 질 좋은 루왁 커피를 마시며 음악을 듣고 싶다는 것이었다.

부인의 꿈을 들은 후부터 수입이 늘 때마다 하나씩 선물해서 부인을 기쁘게 했다. 바다가 보이는 곳에 넓은 아파트를 구입하고, 오케스트라의 연주를 현장에서 듣는 것처럼 생생하게 소리를 재현해 내는 최고급 성능의 오디오 시설도 갖추고 비싼 커피 머신도 들여놓았다고 한다.

사업장은 점점 더 커졌고 매일 쏟아지는 수주 물량에 눈코 뜰 새 없이 바빠졌다. 야근까지 마치고 돌아오면 씻고 잠들기 바빴고, 아침에 일어나면 허겁지겁 일터로 달려가기 급급했다고 한다.

그날 일터로 나가다가 핸드폰을 두고 왔다는 걸 알고 차를 돌렸다고 한다. 번호 키를 누르고 거실로 들어섰다. 집 안에는 아름다운 선율이 흐르고 있었고 커피 향이 거실을 가득 채웠으며 물소가죽 소파 위에는 창가를 응시하며 음악에 취한 듯 가사 도우미가 앉아 있었다. 정작 본인들은 시간이 없어 가진 것을 누리는 즐거움을 맛보지도 못했는데 즐길 줄 아는 사람은 따로 있더라는 것이다.

꿈을 이루는 데만 급급해하지 말고 매 순간을 즐기라는 사장님의 조언이었다. 부인의 꿈을 이루었으면 그것을 즐길 줄 알아야 한다고 했다. 나에게도 작은 꿈을 이루었다면 그 상황을 즐기면서 또 성취해나가라고 했다. 그 말을 듣고 속을 끓이던 마음을 슬며시 내려놓았던 기억이 있다.

그들은 꿈을 꾸고 그 꿈을 실행에 옮기는 사람들이다. 그것이 내가 할리 데이비슨 부부라고 부르는 이유다. 할리 데이비슨은 몇천만 원을 호가하는 값비싼 오토바이다. 오토바이 값이 비싸기 때문에 그들을 특별하게 부르는 게 아니다. 오토바이 한 대를 구입하기 위한 돈을 마련하기 위해 그들이 기울인 노력이 나에게는 특별하게 와닿았기 때문이다.

매일 현금을 만지는 그들이 돈을 모으는 방법은 독특했다. 오랫동안 꿈꾸어왔던 할리 데이비슨을 구입하기 위해 하루 일과가 끝나는 밤이면 큰 물통에 매일 만 원씩 넣었다고 한다. 장사를 하지 않는 날에도 제법 많이 번 날에도 예외가 없었다. 급히 돈 쓸 일이 있을 때에도 포기하지 않도록 실리콘으로 입구를 봉했다. 그렇게 모은 돈이 10년 조금 지나니 오토바이 한 대 구입할 돈이 되더라는 것이다.

그들의 말을 듣고 나도 실행에 옮겨보려고 했다. 하루 만 원, 한 달이면 30만 원이 된다. 통장에 찍히는 숫자로 봐서는 그 정도 저금할 여력은 분명히 있다. 하지만 말처럼 쉽지가 않았다. 여전히 급여는 새벽에 알림 소리를 내며 들어오지만 며칠 지나지 않아 통장에 발자취만 남기고 홀연히 사라져버린다. 작은 일을 계속하는 것이 쉽지 않다는 것을 알기에 10년을 하루도 거르지 않고 만 원씩 저축한 그들이 예사로 보이지 않는다.

쉬는 날이면 그들은 일할 때 타고 다니던 갑부라는 애칭의 낡은 오토바이를 세워두고, 아락(我樂)이라 부르는 할리데이비슨을 탄다. 아락은 그들과 함께 전국 곳곳을 누빈다. 부부가 똑같은 가죽 재킷을 입고 무릎까지 오는 부츠를 신는다. 헬멧을 쓰고 선글라스로 한껏 멋을 낸다. 말고삐를 쥐어 잡는 듯 느긋하게 손잡이에 손을 올리고 시트에 푹 눌러 앉는다.

시동을 건다. 둥둥두둥 둥둥두둥 아락의 심장 소리가 울린다. 낮은 중저음의 토크를 흩뿌린다. 아락의 심장 소리는 그들의 가슴을 울린다. 코끝을 스치는 바람 냄새, 귓바퀴로 스치는 바람 소리, 오늘도 할리 데이비슨은 달리고 있다.

행복한 단비

　단비가 없어졌던 그날 아침, 실은 단비는 길을 잃은 게 아니었다. 문숙은 고양이를 잃어버렸다며 찾아다녔지만 단비는 늘 생각해온 것을 실행에 옮긴 하루였다.

　집은 공원 옆에 위치한 작은 빌라다. 문숙이 출근한 후에 단비는 거의 혼자 시간을 보낼 때가 많다. 문숙은 이러한 사실을 늘 미안해했다. 그러나 단비에게는 심심하지 않을 정도의 볼거리가 있었기에 그런 문숙의 미안함이 도리어 부담스러웠다.

　혼자 남겨진 빈집에서 바깥 풍경을 바라보는 일은 일상이 되었다. 그곳을 보는 일은 단비에게 커다란 즐거움이기도 했다. 왼쪽 베란다 너머에는 곧 공원으로 꾸며질 미군부대가 있다. 철조망이 쳐진 벽돌담으로 둘러싸인 부대는 사람의 움직임이라고는 보이지 않았다.

거실의 오른쪽 창가에서는 철길이 보인다. 햇볕이 내리쬐는 창가에서 오고 가는 기차를 보는 일은 매일 반복되는 일이다. 매번 같은 시간에 오고 가는 기차를 보는 일은 그리 새로울 것이 없어 보이지만 차창에 비친 사람들은 하루도 똑같았던 적이 없기에 늘 새롭게 느껴진다. 차창으로 보이는 사람들은 대개 창에 기대어 잠들어 있다. 간혹, 책을 보거나 신문을 펼쳐 든 이도 있다.

그것을 바라보는 단비의 마음은 하루도 같았던 적이 없다. 그들이 가는 곳은 어디인지, 목적지를 향해 떠나는 이들의 설렘은 어떨지 상상의 나래를 펼치곤 했다. 오고 가는 기차를 보는 일은 오전의 소일거리로 그저 그만인 일이었다.

오후에는 왼쪽 베란다로 가서 밖을 내다본다. 모두 떠나가고 텅 비어 있는 미군부대 뒤로 지는 해를 보는 즐거움이 크다. 하늘은 서서히 붉어지다가 옅어지기도 하며 연한 주홍빛으로 물들다가 푸른빛으로 변하기도 한다. 하루 일을 마치고 돌아가는 사람들의 느릿한 걸음을 토닥이며 산 너머로 사라지는 석양을 바라보는 일은 단비에게는 하루도 거를 수 없는 일과가 되어버렸다

어쩌다 일찍 들어온 문숙은 고양이가 바깥으로 나가고 싶어서 밖을 내다본다고 오해했다. 또 고양이가 외로움을 타는가 보다, 라며 다른 고양이를 들일 계획을 세우기도 했다. 하지만 그건 순전히 문숙의 내부에서 일어난 감정들일 뿐이었다. 단비가 그곳에서 나는 소리에 귀를 쫑긋거리는 것을 문숙은 보지 못한 모양이었다.

단비의 시선은 벽돌담 위로 쳐진 철조망을 타고 넘어 들어가서, 끝없이 펼쳐진 활엽수 숲속을 지나, 넓게 펼쳐져 있는 광장으로 향해 있다. 그곳에는 오래된 나무들이 있다. 어른 두어 명이 손을 맞잡아 껴안아도 아름에 넘칠 정도로 크고 희끄무레한 색의 양버즘나무다.

양버즘나무 숲뿐만이 아니다. 가끔 바람에 실려 오는 쌉싸름한 향이 나는 향나무 군락지, 또 군부대가 처음 생겼을 때 심었다는 할아버지 졸참나무가 있는 곳 등등. 부대 안으로 꼭 한번 가보고 싶었지만 문단속을 철저히 하는 문숙 때문에 혼자서 집 밖으로 나가는 건 어림없는 일이었다.

봄꽃 향기가 코끝을 간질이던 어느 봄날, 문숙이 이사를 한다며 집을 내놨다. 문숙은 이사 가는 곳에 단비를 먼저 데려다 놓겠다는 작전을 세웠다. 그러나 단비는 이사 날에 맞추어 늘 생각했던 일을 실행에 옮기기로 했다. 그날을 모래에 기록해두었다.

이사하던 날, 일어나자마자 문숙이 캐리어를 열고 단비를 집어넣으려 했다. 단비는 요리조리 날쌔게 도망 다니다가 구석에 숨어 있었다. 이사 시간이 가까워지자 문숙은 더 초조해하며 참치 캔을 따서 들고 단비, 단비 어디 있니, 라며 찾아다녔다. 단비는 꾹 참고 숨어 있었다. 때마침, 이삿짐센터 직원들이 벨을 눌렀다. 문숙이 문을 열어주느라 현관문을 활짝 열어젖혔을 때 단비는 냅다 내달렸다.

예방주사를 맞으러 병원에 갈 때마다 눈여겨 보아두었던 길이라 입구를 쉽게 찾을 수 있었다. 벽돌담을 타고 엉성한 철조망을 넘어서 안으로 들어갔다. 수년간 사람의 발길이 닿지 않아서 짙디짙어진 흙냄새를 깊숙이 들이마셨다.

군부대 안은 베란다에서 보았던 것보다 훨씬 넓었다. 나무에 가려 보이지 않았던 크고 작은 웅덩이도 있었다. 오랫동안 사람이 다니지 않았던 길에는 비에 씻겨 매끈해진 돌들이 어지러이 놓여 있었다. 오래전에 잔디밭이었을 들판에는 민들레, 시계풀꽃, 봄까치풀꽃들이 피어 있었다. 작은 꽃들과 잠시 눈 맞춤 한 뒤에 들판을 가로질러 곧장 그곳으로 향했다.

그곳에는 단비와 꼭 닮은 엄마 고양이, 그리고 고만고만한 크기의 새끼 고양이들이 있었다. 저녁 무렵이면 단비가 귀를 쫑긋 세우고 듣던 울음소리의 새끼 고양이들이었다. 자신과 꼭 닮은 이들을 처음 만난 날이었다. 얼마나 시간이 흘렀을까. 산 그림자가 마을로 내려오는 것을 본 단비는 집 쪽으로 고개를 돌렸다.

문숙은 단비가 사라진 후, 옥상과 계단, 화단까지 샅샅이 뒤졌지만 찾을 수 없었다. 이삿짐 차가 떠난 후, 혹시 돌아올지도 모를 단비를 위해 현관문을 열어두고 가기로 마음먹고 창문을 닫기 시작했다. 마지막 창문을 닫았을 때, 단비의 소리가 들렸다.

단비의 털에는 도둑풀이 들러붙어 있었고 젖은 발에는 축축한 흙이 묻어 있었다. 이마와 콧잔등, 그리고 턱에 흙먼지가 뽀얗게 앉아 있었다. 단비는 가파른 숨을 내쉬며 문숙이 놓아둔 캐리어에 얌전히 들어갔다.

옆 좌석에 캐리어를 두고 문숙은 생각에 잠겼다. 창밖을 보며 숨을 고르고 있는 단비의 눈은 반짝였으며, 이전보다 훨씬 깊어져 있었다. 도대체 단비에게 무슨 일이 있었던 것일까.

멜론과 오디오

새로운 연인과 사랑에 빠졌다. 날렵하고 엽엽하기가 그지 없어 어딜 가든 함께이다. 누구든 한번쯤 봐주었으면 좋겠다 싶을 정도로 매력적인 모습이다.

어디 외양뿐인가. 싹싹함이란 말로 다 할 수가 없다. 나의 취향을 어찌 그리 잘 아는지 손가락 하나만 까딱해도 원하는 것을 척척 알아서 맞춰주기에 잠시라도 떨어져 있고 싶지 않다.

새로운 연인을 만나느라 오래된 그를 잊고 있었다. 까마 득히 잊고 지낼 만큼 그가 가벼운 존재란 뜻은 아니다. 나의 생활 곳곳에서 행복한 순간과 힘든 시절을 함께 보낸 이다. 새로운 사랑에 빠지기 전까지는 말이다.

가장 힘든 순간에 나를 놓지 않고 절망에서 건져주었고, 즐거움이 극에 달했던 때에도 기쁨을 몇 배로 크게 느낄 수 있도록 같이 웃어주던 그를 잊어서는 안 된다는 것쯤은 나도 안다. 아는 것을 실천에 옮기는 것이 무어 그리 어려울까마는 마음처럼 쉽지 않다.

한번 떠난 마음은 좀처럼 되돌릴 수가 없다. 그를 찾는 횟수가 점점 줄어들고 있다. 최근 들어 더욱 그렇다. 침실에 있는 그의 시선을 애써 피하기도 한다. 미안한 마음도 차츰 무디어지는지 이제는 이 모든 것이 당연하게 느껴진다.

어쩌겠는가. 사랑은 움직이는 것이라고 했으니 애써 노력하고 싶지 않은 것이 솔직한 심정이다. 좀 더 쉽고, 좀 더 가볍고, 좀 더 경쾌한 사랑을 하고 싶을 뿐이다. 그런 사랑으로 남은 생을 채워도 좋지 않을까 하는 생각이 지배적이라 억지 노력은 하고 싶지 않다는 것이 변명 아닌 변명이라 해두자.

하긴 처음부터 우리 사이가 데면데면한 것은 아니었다. 늠름한 풍채, 반듯한 외모, 그를 보는 모든 사람들은 그에게서 눈을 떼지 못했던 것처럼 나도 그의 매력에 푹 빠져 살았다. 나에게는 오히려 과분할 정도로 멋진 모습에 반해 욕심을 내어 그를 쟁취한 탓이다.

그를 만나는 이들은 하나같이 그를 화제의 중심에 세운다.

그의 취향과 능력, 섬세함에 이르기까지 모든 사람들이 탐을 낼 만하다. 어디에서도 그만한 인물과 풍채를 갖춘 이를 보지 못했다. 처음 만난 순간부터 홀리듯이 그에게 빠져들었다.

보고 있어도 보고 싶다던 유행가 가사처럼 늘 눈에 아른거렸다. 혼자 있을 때에도 그의 목소리가 들리는 듯해서 주위를 둘러보곤 했다. 자다가도 일어나 잠든 모습을 바라보며 그의 얼굴을 어루만지다가 다시 잠들기도 했다.

그도 마찬가지였다. 이른 아침 감미로운 목소리로 흔들어 깨웠다. 우울한 날에는 바닥 끝까지 침잠으로 밀어 넣었다가 말갛게 헹구어진 나를 건져 올려주곤 했다. 시시때때로 변덕이 많은 나의 기분을 나보다 먼저 알아차리고 어루만져주었다. 원하는 것은 무엇이든 가리지 않고 주려고 노력했다는 것을 내 어찌 모를까.

고백건대, 분명 원인은 나에게 있다. 그는 집에서 한 발짝도 움직이려 하지 않지만 그것도 다 그럴 만한 사정이 있기 때문이다. 그러니까 내가 마음이 변한 탓이 크다. 그렇다 하여 그를 구태여 데리고 다니고 싶은 마음이 있는 것은 아니다.

그와 얘기라도 나눌라치면 금방 소통이 되지 않는다. 제고집대로 하려고 들기만 하지 융통성과 적당한 타협이라고는 없다. 고집스런 그를 보면 숨이 턱 막힐 때가 많다. 게다가 요구 사항은 점점 늘어만 가고 그의 기분을 맞추기 위해 드는 비용도 만만치 않아 존재 자체가 부담이기도 하다. 갈수록 했던 말 또 하고, 시시콜콜 잔소리만 늘어갔다.

그럴 무렵 우연히 새로운 연인을 소개받았다. 새로운 연인은 그동안 내가 했던 수고를 덜어준다. 아침마다 손가락만 까딱해도 내가 좋아하는 음악을 척척 준비해서 들려준다. 그것도 귀엽성 있게 '문숙잉 님의 맞춤채널'이라며 너스레를 떤다. 그간에 들었던 곡과 비슷한 성향의 다른 곡들을 선별해서 새로운 메뉴로 나를 깨운다. 하는 양이 앙증맞기 그지없으니 어찌 사랑하지 않을 수 있을까.

이쯤 되면 눈치챘을 것이다. 새로운 연인은 멜론이고 오래된 그는 오디오라는 것을. 멜론에는 없는 게 없다. 최신 곡, 클래식, 트로트, 취향대로 찾아서 들으면 된다. 멜론은 새치름하고 날렵한 애첩처럼 나의 음악적 취향을 파악하고 아침마다 정성 들여 메뉴를 맞추어 내놓는다. 신접살림부터 시작해서 집안의 보물처럼 자리 잡고 있는 조강지처 같던 오디오를 밀쳐내고 요즘 들어 나는 멜론만 찾는다.

오디오는 외양이 크고 웅장했다. 집을 쩌렁쩌렁 울릴 만큼 성능도 좋았다. 오디오를 놓으면 거실을 가득 메워 앉을 자리도 없었을 만큼 작았던 신혼집을 벗어나서 안방에 넣어도 공간이 넉넉할 정도로 살림이 자리를 잡았다.

그 무렵 잠시 남편에게 다른 여자가 생긴 듯했다. 멜론의 연둣빛 속살처럼 싱그러운 여자의 모습에서는 단물이 뚝뚝 떨어질 거란 상상을 했다. 마치 아침마다 꿀물 줄줄 흐르는 음악을 선곡해주는 멜론처럼 말이다.

비발디의 사계만 들려주며 남편의 마음을 붙잡으려 했던 나는 세상의 어떤 음악으로도 마음도 잡지 못하고 송두리째 흔들렸다. 모든 것이 내 탓인 것만 같았다. 조강지처가 무슨 특권이라도 되는 양 기득권을 행사하며 남편을 궁지로 내몰았다.

문득 안방에 떡하니 자리 잡아 힘든 역사의 순간을 같이 보낸 오디오처럼 칙칙하고 고집스러웠던 나를 돌아보게 된 것이다. 특유의 뚝심으로 전쟁터 같았던 세상에서 수없이 많은 풍랑도 굳건히 버티었던 나였다. 작은 나비의 날갯짓에 그리도 행복해하며 흔들리는 남편을 보니 여인의 향내라고는 조금도 없는 내 모습이 비로소 눈에 들어왔다.

뿌리째 흔들리는 마음을 다잡으려고 공부를 시작했다. 새벽에 일어나 컴퓨터가 있는 방의 책상 앞에 앉는다. 핸드폰을 꺼내어 멜론을 켜고 나만의 맞춤채널을 찾는다. 멜론은 눈치 빠른 애첩처럼 밤새 잠을 설쳐서 시든 꽃잎같이 바스락

거리는 가슴에 청량수 같은 곡으로 나를 깨운다. 시크릿 가든의 녹턴은 곧장 공부에 몰입할 수 있게 해준다.

멜론을 들을 때는, 오디오에 음반을 올리고 바늘을 올리면 가끔 판이 튀어 잔소리같이 반복되는 소리를 듣지 않아서 좋다. 집 앞 공원을 산책할 때에도 이어폰을 끼고 즐겨 들을 만큼 멜론에 푹 빠져 있다. 휴대하기가 편리하고 몇 번의 터치만으로 클래식부터 어제 나온 최신곡까지 다양하게 들을 수 있다.

반면에, 스피커가 적은 탓에 가슴속 깊은 곳까지 내려가 아픔을 끌어올려 위무해주는 울림을 기대하기는 어렵다. 잠깐의 위로는 될 수 있을지언정. 타지로 돌아 심신이 고단했을 남편 곁에서 잠시의 휴식을 주었을 그 여인처럼 말이다.

실마리가 풀리지 않는 일이 있을 때나 게워내고 싶은 울분이 쌓여 있을 때, 혹은 집 안 켜켜이 쌓인 먼지를 떨어내야 할 때는 오디오를 켠다. 숭고한 의식이라도 거행하는 양, 여러 절차를 거쳐 오디오를 켠 후, 볼륨을 한껏 올린다.

오케스트라의 트럼펫, 나팔, 심벌즈, 악기들이 먼지털이가 되고 대걸레가 되어 집 안 구석구석을 털어내고 닦아낸다. 오디오의 깊은 울림은 어두웠던 영혼의 찌꺼기마저 떨어냈는지 마음이 한결 가벼워지며 쾌청해진다.

이를 보면, 옛것이 무조건 고루하다 하여 버려서는 안 된다는 생각이 든다. 아무리 새것이라 하여도 옛것을 온전히 대신 할 수는 없는 모양이다. 오디오의 웅장하고 깊은 소리는 멜론이 흉내낼 수 없는 영역이 아니던가.

안방으로 들어가 잠들어 있는 남편을 가만히 들여다본다. 고단했던 삶을 풀어내는 가벼운 코골이 소리만 방 안 가득하다. 사실인즉, 내 삶에서 시시때때로 희로애락의 깊은 울림을 주었던 이가 남편 외에 또 있을까마는. 그도 나도 참 태생이 그랬던 것처럼 고집스럽게 같은 소리로 질러대지 않았나 싶다. 끊어질 듯 이어지는 남편의 오디오가 안쓰럽게 느껴지는 아침이다.

남편이 일어나면 창문을 열어놓고 오디오의 볼륨을 한껏 높이리라. 때로는 한 입 베어 물면 다디단 즙이 줄줄 떨어지는 멜론처럼. 때로는 영혼을 뒤흔들만치 깊은 울림을 주는 오디오처럼, 그렇게 살어리랏다.

2부

별이 보이는 방

안젤리나

얼마 만인가, 그리워서 도저히 참을 수 없을 즈음에야 그녀는 돌아왔어. 내 절절한 기다림 같은 건 거들떠보지도 않은 채 침대로 가서 푹 파묻혀버리는 그녀가 얼마나 야속하던지 눈물이 찔끔 나오기까지 했어.

해거름이 되자, 웬만큼 피로가 풀렸는지 그녀의 얼굴에 생기가 돌았고 그녀와의 외출을 꿈꾸어도 좋겠다 싶어서 나도 덩달아 신바람이 났지. 간만의 나들이니만큼 그녀를 위해 나도 단장을 했어.

샤워를 끝낸 그녀가 가벼운 걸음으로 내게 다가올 때면 서운한 마음은 흔적도 없이 날아가 버리고 그녀의 눈빛만으로도 가슴이 쿵쾅거리곤 하지. 촉촉한 그녀의 모습은 잔뜩

물이 오른 초여름의 녹음처럼 싱싱해 보였어. 조금 과장을 하자면 숨이 멎어버릴 것 같아. 그녀가 좋아하는 라벤더 잎을 욕조에 띄우고 몸을 담갔는지 은은한 향이 코끝을 간질이더군.

옷을 차려입은 그녀의 시선이 내게 머물 때면 최대한 멋진 자세로 각을 세우지. 그간의 무심함이 미안해서 다정스런 손길로 나의 구석구석을 어루만질 때면 그녀의 손끝을 따라 내 살결은 미세하게 떨리지만 한 번도 그녀가 눈치챈 것 같진 않았어.

그녀를 처음 만날 때도 그랬지. 은은한 조명 아래에서 또래의 여자들이 나에게 강렬한 눈빛을 보냈지만 내 눈에는 그녀밖에 보이지 않았단 말이야. 아마도 첫눈에 반한다는 것이 그런 느낌이 아닐까 싶어. 흔히 쓰는 표현을 빌리자면 머리를 한 대 얻어맞은 것처럼 머릿속이 하얘지면서 눈앞에서는 수많은 별들이 쏟아져 내렸지. 그녀도 마찬가지였을 거라고 믿어. 다른 녀석들이 많았지만 내게서 눈을 떼지 못했거든. 그날부터 우리는 같은 집에서 함께 잠자리에 들고 함께 일어나게 되었지. 출근을 하거나 친구를 만날 때는 나를 꼭 데리고 다녔어.

그런데 장거리 여행을 떠날 때는 변심한 애인처럼 어디로

가는지, 언제 돌아올 건지, 일언반구 설명도 없이 훌쩍 떠나 버리곤 해서 야릇한 배신감에 눈물 나게 서러웠지만 참고 기다리기로 했지. 그녀에게 훌쩍 떠날 수밖에 없는 순간이라는 게 어떤 건지를 아니까.

예전에 누군가 아흔아홉 장의 벽돌을 지고 가는 낙타에게 없는 백 번째의 벽돌은 비록 한 장이지만 낙타의 허리를 부러뜨릴 수도 있다는 말을 하던데 그런 맥락이겠지. 이를테면 터지기 직전의 풍선이랄까, 치사량의 약처럼 더 이상 허용되지 않는 한계상황 같은 거 말이야.

외출 준비를 끝내고 수줍은 미소를 지으며 다가오는 그녀에게서 익숙한 향수 냄새가 나. 뭔가 좋은 일이 있을 때면 뿌리던 향수야. 그녀는 장난꾸러기같이 나의 팔짱을 냉큼 낚아채고는 현관문을 나섰어. 캄캄하게 내려앉는 어둠 속에서도 그녀의 걸음걸이는 여느 때보다 경쾌했어.

무엇에 홀린 듯 이끌려 도착한 살사 바의 문을 열면 열정적이며 뜨거운 남미풍의 라틴 음악이 우리를 맞이하곤 해. 늘 그랬듯이 플로어에는 사람들이 춤 삼매경에 빠져 있지. 매주 수요일마다 오는 곳이지만 언제나 처음처럼 심장이 요동치는 곳이지. 낯익은 풍경을 마주한 그녀도 얼굴이 한층 상기되었어.

그녀는 구석진 곳으로 나를 데려가더니 나의 지퍼를 사정없이 내렸어. 나는 눈을 질끈 감았지. 현기증이 날 정도로 아찔한 느낌이야. 정신을 차리고 보니 그녀는 이미 무대로 나가 몸을 흔들고 있더군. 마치 나 같은 건 안중에도 없다는 듯 살사 댄스에 빠져들더라고. 그들이 연출하는 뜨거운 분위기에 나도 서서히 중독이 되어가나 봐. 요즘은 나도 모르게 수요일이 기다려지기까지 하는 걸 보면 말이야.

마침 그녀가 좋아하는 '라 이슬라 보니따', 아름다운 섬이라는 뜻의 음악이 흘러나오고 있어. 봉고, 콩가 등 타악기의 비트가 규칙적으로 반복되는 것이 살사 음악의 특징이지. 차분하게 시작하지만 서서히 심장에 불을 붙이는 희한한 악기들이야. 인생의 8부 능선을 넘은 여인만이 알 수 있는 격정과 회한의 씻김굿이라도 하는 듯 그녀는 춤의 능선을 넘나들곤 해. 그녀에게 환상의 섬은 바로 이곳이 아닐까 싶어. 현실이라는 망망대해에서 잠시 그녀를 건져 올려주는 섬 말이야.

우리 모두의 가슴에는 저마다의 섬이 있지 않겠어. 타인의 눈을 의식하지 않고 내게 짐 지워진 모든 것들을 벗어버릴 수 있는 공간, 세상 안의 또 다른 세상이랄까. 어쩌면 그녀에게 필요했던 것은 오롯이 자신과 만날 수 있는 일종의 피난처가 아니었나 싶어. 또 다른 여행지 말이야.

한동안의 춤사위가 이어지고, 사위는 불꽃처럼 절로 잔잔히 가라앉는 그녀를 보면 살사야말로 그녀에게 적격인 춤이라 싶어. 백조의 우아한 자태 뒤에는 쉴 새 없이 헤엄을 치는 발이 있다는 것을 어찌 모르겠어. 하긴, 문득 돌아보면 자신은 없고 빈껍데기만 남은 것 같은 허무감이 왜 없겠어. 결국 그녀의 비상구가 살사였던 거지. 그녀가 왜 이토록 격정적인 춤을 선택했는지 조금은 알 것 같아.

누군가 춤이란 몸의 언어라고 하더군. 영과 혼, 미지의 정신세계를 탐색하고 여행하는 몸의 강렬한 울림이라고도 하고. 어쩌면 살사는 불꽃을 찾아 날아드는 불나방의 무모한 몸짓처럼 자유라는 절정의 순간을 향해 나아가는 황홀한 여행은 아닌가 하고 생각해봤어.

두어 시간이 흐른 후, 그녀는 온몸이 땀에 흥건히 젖은 채 나에게로 돌아오고 있어. 깊게 골이 팬 가슴팍이 들썩거릴 정도로 격앙된 호흡과 거친 숨소리를 내는 그녀의 눈은 불빛 때문인지 유난히 반짝거려.

언제나처럼, 땀에 흠뻑 젖은 옷을 가지런히 개어서 신발과 함께 나에게 넣어. 그녀의 체취와 즐겨 사용하는 향이 만들어내는 이 냄새가 나는 좋아. 내가 짐작할 수 없는 그녀 내면의 한 부분을 조금이나마 느낄 수 있을 것 같다고나 할까.

그녀는 나의 지퍼를 휙 올리더니 또 내 손을 낚아채고 있어.

"안젤리나, 다음 주에 봐요."

그들의 작별 인사를 받으며 또각또각 계단을 내려가는 그녀의 구두 굽 소리가 유난히 크게 들려. 닫힌 문 밖으로 새어 나오는 라틴 음악은 조금씩 어둠 속으로 잦아들고 있어.

황홀했던 안젤리나라는 이름을 그녀의 아름다운 섬 안에 놓아두고 잠시 떠나왔던 세상 속으로 당당하게 걸어 들어가고 있어.

두어라, 신의 뜻대로

편한 옷으로 갈아입고 커튼을 열어젖힌다. 희미한 어둠 속에서도 익숙한 손놀림으로 오디오를 더듬어 시작 버튼을 누른다. 잔잔한 음악이 텅 비어 있는 거실의 공간을 가득 메운다.

물구나무를 선다. 눈에 들어오는 모든 것이 거꾸로다. 나의 삶도 헝클어져 있다. 우리 부부는 어디서부터 잘못된 걸까, 질문이 꼬리를 문다. 깊은 심호흡으로 폐부 깊숙이 고여 있던 화의 근원을 밖으로 몰아낸다. 온몸으로 전율이 흐른다. 조금씩 강도를 높여 요가에 몰입한다.

뭔가 꼬이고 있다는 생각이 들거나 명쾌한 답이 나오지 않아 혼란스러울 때마다 나는 어김없이 요가를 찾게 된다. 지금도 예외는 아니다. 요가를 만나지 않았더라면 그때 늪처럼 나를 옭아매던 정신적인 방황에서 벗어날 수 있었을까.

그날도 남편은 몇 마디 말만 남기고 전화를 끊었다. 협력업체의 부도로 남편의 회사가 직격탄을 맞았단다. 순식간에 눈덩이처럼 불어난 빚더미에 압사를 할 지경이었다. 매일 반복되는 빚 독촉 전화는 공포였고, 가재도구에 붙어 있는 빨간 딱지를 보는 일은 나를 피폐하게 만들었다.

결국 우리는 패배자였던 셈이다. 사소한 것이나마 하나씩 내 것을 만들어가며 행복하던 지난 일들이 하찮아 보여 견딜 수가 없었다. 두 아이를 데리고 무엇을 어떻게 해야 할지 눈앞이 깜깜했다. 코드가 빠져버린 전자 제품처럼 멍하니 누워만 있었다. 아이들의 초롱초롱한 눈망울을 볼 때마다 떨치고 일어나야겠다는 생각이 들었지만 몸과 마음은 이미 통제선 밖이었다.

악몽 같은 시간 속에서 만난 것이 요가였다. 뜻대로 되지 않는 몸을 이리저리 구부리고 펼치느라 집중하다 보면 잡념은 사라지고 새로운 기운이 생겨났다. 무엇보다도 부모가 삶에 대한 의지를 잃어버렸을 때 자녀에게 미치는 영향이 치명적이라는 사실은 정신을 번쩍 들게 했다. '두어라, 신(神)의 뜻대로', 요가 동작을 하며 암송하는 만트라인데 정신적인 방황에 마침표를 찍게 해준 말이다. 모든 것을 하늘의 뜻에 맡기기로 하고 다시 일어났다.

'처음부터 다시 시작하면 되지 뭐. 이까짓 거.' 넘어진 김에 쉬어 가야겠단 배포도 생겨났다. 마음이 가벼우니 달리는 일도 쉬웠다. 얼마 지나지 않아 우리는 다시 일어날 수 있었고, 모든 것들이 정상으로 돌아왔다. 그러나 끔찍했던 그 시절의 기억은 내게 오래 잊히지 않을 생채기로 각인이 되어 있었던가 보다. 힘든 상황이 되면 어김없이 그때의 일이 떠오른다.

한바탕의 풍파는 나를 겸손하게 했다. 가족이 함께 살아갈 수 있다는 자체만으로도 얼마나 큰 축복인지 깨닫게 되었다. 더 이상 무슨 욕심을 부리랴 싶기도 했다. 그러나 인간이기에 몸에 밴 습성을 없애기란 그리 쉬운 일이 아니었던가 보다.

욕심의 다른 이름이 집착이란 것을 미처 깨닫지 못했다. 가족이라는 이름으로 정신적인 부분까지 손에 넣고 싶어 했으니 말이다. 나 자신의 투명함을 담보로 내보이며 가족들의 모든 것을 공유하기를 강요했다. 굳이 변명하자면 모든 것을 잃어버릴 뻔했던 어려운 시기를 겪었기에 소중한 것들을 놓치면 안 된다는 강박관념이 집착을 부추겼는지도 모른다.

그럴수록 남편은 자꾸만 멀어져갔다. 숨이 막힌다고 했다. 그런 그를 결코 이해할 수 없었기에 모든 잘못을 그의 탓으로 돌렸고 자연스레 부부싸움도 잦아졌다. 결국 잠시 떨어져 있자는 말을 남기고 집을 나가고 말았다. 그래서 지금 남편과 얽힌 실타래를 요가로 풀어내고 있다.

동작을 끝내고 가부좌를 틀고 앉는다. 두 손을 모은다. 두 눈을 살며시 감은 채 초점을 미간 사이의 두정안으로 집중한다. 서로 맞닿은 두 손에서 나의 몸과 마음으로 전류가 흐르는 듯하다. 깊은 숨을 내뱉는다.

며칠 전 들은 라디오 프로가 문득 떠오른다. '사랑을 놓치다'라는 제목으로 애청자들이 참여하는 코너였다. 여자 친구의 일거수일투족까지 알고 싶어 하는 성격에 질려서 상대가 떠나버린 남자 대학생의 사연은 나를 안타깝게 했다. 나 역시 남편을 이해 못한 채 속수무책으로 심란한 봄을 맞고 있을 때였다. 그 남학생의 사연은 한동안 머릿속을 떠나지 않았다.

어렴풋이 해답을 찾게 되었다고 해야 할까. 신뢰였다. 집착이라는 독버섯의 생장을 멈추게 하기 위해서는 자신에 대한, 그리고 다른 이에 대한 절대적 신뢰가 필요했다. 상대를 믿지 못하는 불안한 마음이 집착을 낳고 욕심을 부추기고 자신의 방식을 주입시키는 악순환으로 이어졌던 것 같았다. 기억건대 그날의 요가는 몸이 아니라 마음을 거꾸로 세워보는 일이었지 싶다. 내가 그가 되어보고서야 그의 마음을 조금이나마 읽을 수 있었다고나 할까.

그래, 남편을 믿고 있는 그대로 인정하자. 자신을 믿어주지 않는 내가 얼마나 야속했을까. 모든 것을 나의 기준에 맞추어 생각했기에 언제나 피해자라고 생각했는데 남편이 피해자였을 수도 있겠다는 데까지 생각이 미친다.

어쩌면 오래전 그때도 남편이 더 힘들었고 상처받았을지도 모를 일이었다. 영문도 모른 채 화살을 맞은 나와 달리, 화살이 날아오는 것을 뻔히 보고도 피하지 못하는 그 마음이야 오죽했을까. 자신의 무력함이 가족을 곤경에 빠뜨렸다는 자괴감은 또 얼마나 컸을지. 시퍼렇게 멍들었을 그의 마음이 보인다. 비록 돈은 잃었지만 소중한 그를 잃지 않아서 다행이라고 감사했던 적이 불과 얼마 전이었는데….

'두어라, 신(信)의 뜻대로', 나를 절망의 구렁텅이에서 건져준 구절을 또박또박 왼다. 신(神)을 신(信)으로 바꿔놓고 보니 한결 마음이 가벼워진다. 가늘게 뜬 실눈 사이로 한 줄기 빛이 들어오고 주위가 환해진다. 오늘은 모든 일정을 미루고 남편을 만나러 가야겠다. 말없이 그를 꼭 안아주리라.

천사가 머무는 시간

오늘은 식빵을 만든단다. 발효 과정이 까다로워 초보자들에게는 아주 어려운 과제라고 한다. 어찌 해결을 할 것인지. 덩달아 조바심을 내며 자꾸만 주방을 기웃거리게 된다.

역시 다른 빵을 만들 때보다 손이 더 바쁘다. 한때 저 손은 피아노 건반 위에서 하느작거리던 손이다. 그때까지만 해도 고운 선율을 자아내는 것 외에는 저 두 손이 동분서주할 일이 없을 거라 생각했다. 유난히 가늘고 길었던 손가락은 검고 흰 건반과 너무나 잘 어울렸다.

딸은 재바르게 움직이며 밀가루, 설탕, 소금, 이스트, 버터 등 재료를 커다란 용기에 쏟아붓는다. 저울까지 동원하며 레시피에 따라 정확한 용량과 비율을 맞춘다. 우리의 삶에도 레시피라는 것이 있다면 시행착오를 줄여줄까. 딸이 보물처럼 떠받드는 종잇장을 보며 객쩍은 생각에 피식 웃음이 난다.

딸의 손은 밀가루 반죽 속에서도 여전히 날렵하다. 섞고 치대느라 쉴 틈이 없다. 반죽과 얼마나 씨름을 했을까. 이제는 따뜻한 곳에 놓고 발효를 시켜야 한단다. 반죽의 두 배 정도로 부풀어 오를 때까지 잠시 여유를 부려도 좋을 시간이다.

오븐의 온도계를 맞춰놓은 후, 딸은 허리를 편다. 반죽이 숙성되는 동안 음악을 들려주면 더 부드러워진다고 말하며 타이머를 맞추고 피아노를 연주한다. 생뚱맞기는 하지만, 온상의 식물들도 음악을 들려주고 키우면 훨씬 많은 꽃과 열매를 맺는다는 이야기를 들은 적이 있다. 어쨌든 반죽 덕분에 오늘은 딸의 연주로 귀를 흠뻑 적시는 호사를 누리려나 보다.

딸애가 피아노를 배워서 전공 공부를 막 시작할 무렵이었다. 각종 콩쿠르에서 입상하며 피아니스트의 꿈을 키워나가고 있을 때 가정형편이 어려워졌다. 예고 피아노과에 진학하려는 딸의 꿈은 결국 물거품이 되고 말았다. 일반학교에 진학하면 좋겠다는 의향을 내비치자 아이는 담담하게 받아들였다. 그 담담함이 더 짠했고, 한편으로는 더없이 고마웠다. 딸아이의 성격상 진로를 바꿔도 금세 적응할 거라 믿는 구석도 없지 않았다.

발효된 반죽을 꺼낸다. 일정량씩 나누어 실온에서 또 15분간 중간발효를 시켜야 한단다. 고작 식빵 하나 만드는데 무슨 공정이 저리 까다로운지. 제과점에서 빵을 고르고 돈을 지불하는 데는 채 1분도 걸리지 않는데, 딸은 하루 종일 더없이 즐거운 일인 것처럼 몰두하고 있다. 빵 하나도 이렇듯 세심한 공정을 거쳐야 하는데 딸의 진로를 두고 모든 것을 너무 쉽게 생각하진 않았던가 하는 생각도 든다.

매 과정마다 심혈을 기울이는 딸의 모습이 대견스럽다. 불시에 인생의 방향키를 놓치고 표류하던 고등학교 시절 딸아이의 모습으로 인해 얼마나 속앓이했던지. 자신이 좋아하는 일로 저리 행복할 수 있다니 이제는 조금이나마 시름을 덜어내도 좋겠다.

인문계 고등학교에 진학한 후 딸은 낯선 공부를 하느라 학교생활에 조금씩 흥미를 잃어갔다. 설상가상 그 당시 집안 사정은 점점 악화되어 아파트를 팔고 작은 주택의 3층으로 옮기게 되었다. 급박한 상황에 몰리다 보니 돈에 집을 맞추느라 겨우 구한 집은 오래되어 허술하기 짝이 없었다. 짐이 창문으로 들어가야 할 만큼 모든 것이 열악했다.

낡은 주택이라 창이 작았을 뿐만 아니라, 창틀을 뜯어내어도 피아노를 들여놓을 재간이 없었다. 하는 수 없이 피아노를 옥상으로 올려 보냈다. 무슨 심보인지, 옮겨놓고 돌아서는데 하늘에서 비가 부슬부슬 내리기 시작하는 것이 아닌가. 급한 대로 비닐을 두르고 끈으로 묶었다. 꼼짝없이 비닐옷을 입고 웅크려 한뎃잠을 자야 하는 피아노의 처지가 얼마나 서럽던지. 고스란히 비바람을 맞아야 했던 피아노처럼, 못다 핀 딸의 꿈도 그렇게 방치되고 말았다.

막 부풀어 오르기 시작할 때 김을 빼버렸으니 딸의 꿈은 제대로 된 발효의 과정을 거칠 수 없었던 셈이다. 어린 마음에 얼마나 큰 좌절과 절망의 늪을 허우적거렸을까. 돌이켜보니 딸의 마음을 알고도 아는 체할 수 없었던 지난 시간이 명치끝으로 묵직하게 얹힌다.

몇 년 뒤에 살림은 안정되었고 아이 또한 자리를 찾아가기 시작했다. 기초를 다져야 할 많은 시간을 놓쳐버렸음에도 새로운 꿈을 찾아내었다. 먼 길을 돌아 왔지만 다행히 나이팅게일의 꿈을 안고 간호학과에 입학했다. 자신의 재능과 꿈을 싹 틔우지 못하고 힘든 시간 속에서 지내던 딸이 또 다른 꿈을 찾은 것이다. 덤으로 제빵 기술을 익혀 자투리 시간을 즐길 줄도 알게 되었다.

타이머가 울린다. 중간발효가 끝나자 둥근 반죽의 등에 사선으로 칼집을 내고 빵틀에 넣어 또 발효를 시킨다. 온도를 맞춰놓고 시간을 재고 있다. 딸은 이 시간이 '천사가 머무는 시간'이라며 행복해한다.

세계적 뮤지션들에게 신뢰를 받고 있는 야이리 기타의 장인 야이리 가즈오 씨에게서 유래한 말이다. '좋은 나무를 찾아낸 뒤, 그 좋은 나무를 들여오더라도 5년에서 10년 정도는 재워둬야 한다. 또한 조립을 끝내고 적어도 3개월은 품질 조정실에서 음악을 들려주며 숙성시켜야 한다. 나는 이 과정을 천사가 머무는 시간이라 부른다.' 이렇게 만들어진 기타에서는 좋은 소리가 나온다고 한다. 나무가 음악을 알아들을까마는 음악을 들려주며 악기가 만들어낼 수 없는 그 이상의 소리가 나오기를 기도하는 것이라고 한다.

과정을 돌아보며 결과를 기대하는 이 시간이야말로 빵 만들기의 백미라고 한다. 기다리는 동안 주변을 정리해놓고 쇼팽의 야상곡을 연주한다. 동틀 무렵, 꽃들이 피어나기 전 마지막 치장을 준비하는 듯 은은한 선율이 거실을 타고 흐른다.

빵이 익기를 기다리며 연주하는 딸의 모습 위로 백의의 천사가 되어 바삐 움직이는 딸의 모습이 겹쳐진다. 세상에 나아가서도 악기가 낼 수 없는 그 이상의 감동을 선물하는 딸이기를 기도하며 가만히 지켜보는 지금이야말로 딸의 어깨 위로 천사가 머무는 시간이다.

뜨개질

 청명한 하늘색의 카디건을 꺼낸다. 출산을 앞둔 나를 위해 어머니가 한 코 한 코 정성스레 짜주셨던 옷이다. 크고 작은 세상사에 가슴으로 바람이 스미는 날 어깨에 걸치기만 해도 어머니의 운김이 느껴져 한때 즐겨 입던 옷이다. 직장 생활로 바빠지고부터는 매번 손빨래를 하기가 만만치 않아 상자에 넣어 소중히 보관하던 옷이기도 하다.

 이 옷을 풀어 아이의 옷을 짤 참이다. 입시를 눈앞에 둔 아이를 위해 내가 할 수 있는 일이 무엇이 있을까 고민 끝에 생각한 것이 뜨개질이다. 남들처럼 영험하다는 사찰을 찾아서 백팔 배를 할까 생각했지만 직장에 매인 몸이라 현실적으로 힘든 일이었다. 짬짬이 틈을 내어 언제 어디서든 할 수 있는 뜨개질이야말로 나에게 맞는 기도의 방법이라는 생각이 들었다.

이왕이면 어머니의 정성에 내 정성을 덧얹는 것도 좋겠다 싶었다. 생명을 잉태한 딸을 생각하는 어머니의 마음보다 더 순정한 것이 어디 있을까. 2대가 마음을 모은다면 아이에게 가닿는 응원의 소리도 좀 더 커지지 않을까. 어머니의 정성만큼 내 정성도 아이에게 가닿기를 바라는 마음에서 시작하는 일이다.

헌 옷을 푸는 과정은 만만치가 않다. 이음새를 찾아내어 앞판, 뒤판, 소매 부분까지 분리해내는 데는 많은 시간이 걸린다. 끝맺은 위치를 찾아내어 첫 가닥을 잘 잡아야 술술 풀려 나온다. 온점을 찍어둔 곳이 서두가 되어 아이가 나고 자라던 시간을 올올이 풀고 걸어 나온다. 마치 필름을 되돌려 보듯 아이를 처음 품에 안던 이십 년 전으로 천천히 되돌아보게 한다.

때로는 절충점을 찾지 못해 토닥거렸던 아이와 나처럼 보풀끼리 엉기어 잘 풀리지 않을 때가 있다. 뭉친 곳을 손으로 몇 번 만지면 언제 그랬냐는 듯이 물꼬를 트고 맺힌 곳이 술술 풀려나간다. 라면 면발처럼 꼬불거리는 실에 뜨거운 김을 쐬어주면 쭉쭉 뻗어 매끈해지니 절반은 성공인 셈이다.

물기를 걷어내니 까슬까슬한 것이 새 실과 별반 다르지 않다. 납작하게 누워 있던 솜털도 파르르 일어서며 세상으로 나가기 위해 몸을 추스른다. 다시 태어난 실은 그간의 역사를 내려놓고 출발선 상에 서는 셈이다. 스스로 코를 만들어 다시 새로운 세상을 짤 수 있다니 얼마나 설렐 것인가.

어머니의 실에 코발트블루의 새 실을 포개니 색감이 훨씬 곱다. 손가락에 감아보니 지난 일들이 손끝에서부터 타고 올라 가슴을 울리는지 코끝이 찡하다. 갓난아기의 머리카락처럼 솜털이 보송보송하여 보온성이 뛰어나 보이고 촉감도 부드럽다. 세상의 어떤 바람이 불어와도 침범하지 못할 것 같다.

나에게 하늘색 실을 갖다 대며 좋아하시던 어머니처럼 아이의 어깨 위에 살짝 얹어보는 상상을 한다. 색의 농도 차이가 만들어내는 분위기가 아이를 부드러우면서도 생기발랄하게 보이게 할 것 같다. 피부색이 하얀 아이가 입으면 잘 어울리겠다.

세상살이가 뜻대로 풀리지 않을 때 떠올리면 힘이 나는 어머니의 모습이 있다. 식구들 모두가 잠든 한밤중에 돋보기 안경을 끼고 뜨개질을 하던 어머니의 모습이다. 어떤 의식을 거행하듯 경건해서 끝날 때까지 숨죽여 지켜보곤 했다. 나도 아이에게 그런 모습으로 기억되고 싶다.

　뜨개질을 할 때는 한 코 한 코 제자리에 꿰어야 옷이 제대로 된다. 잠시 딴생각을 하다가 코를 빠뜨리면 옷이 줄고, 한 코에 바늘이 두 번 가면 품이 늘어 본 모양을 그려내지 못한다. 미처 보지 못하고 단을 짜 올리다가는 공든 탑을 무너뜨려야 하는 불상사가 생기기도 한다. 뜨개질을 하는 순간만은 이러저러 잡스런 생각을 물려야 하니 더없이 좋은 기도의 방법이다.

　실의 당김도 중요하다. 실을 잡고 있는 손으로 강약을 조절하며 옷의 무르고 딱딱한 정도를 내 손으로 결정해야 한다. 세상을 팽팽한 줄 위에 놓느냐 느슨한 줄을 탈 것인가 모두 스스로 만들어가야 하니 이 얼마나 우리가 사는 일과 닮아 있는가.

　뜨개질은 실 한 가닥으로 씨줄 날줄을 만들어 행간도 같이 짠다. 아이가 엮어가는 매 순간이 한 코라면 앞, 뒤, 옆, 사방으로 놓인 모든 것들이 부디 여유롭기를 바라며 바늘을 살짝살짝 들어서 실을 길게 뽑아낸다. 반대로 세상의 바람이 드나드는 길목, 손목과 허리 목의 깃 부분은 실을 바투 잡고 바늘을 밀착시켜서 빼낸다. 그 어떤 잡스러운 바람도 들지 않기를 바라면서 말이다.

이 세상은 혼자 살아갈 수 없지 않은가. 개인의 노력과 재능이 씨줄이라면 시대의 흐름과 시대정신은 날줄인 셈이다. 내가 씨줄이 되어 세상이라는 날줄을 촘촘히 직조하며 한데 어우러질 때야말로 나의 사상을 완전히 꽃피울 수 있는 것이다.

한 번 지나는 인생은 다시 오지 않는 듯하나 대를 이어 다음 세대로, 또 그다음 세대로 이어지는 원리가 헌 옷을 풀어 새 옷으로 태어나는 뜨개질과 닮아 있다. 어머니와 내가 그렇듯이 나와 아이도 본디 한 가닥으로 이어진 줄이 아니었던가.

힘든 일이 있을 때면 꿈자리가 뒤숭숭하다며 전화를 울리던 어머니처럼 아이가 감기라도 걸리면 내가 먼저 몸살을 앓으니. 그것은 바로 심장의 핏줄로 가닥을 잡고 탯줄로 길을 내어 모체에 한 채의 집을 짓고 씨줄과 날줄로 서로의 삶을 짜온 하나였음인 까닭이다.

하나의 코가 모여 한 단이 되고, 한 단이 쌓여 하나의 판을 이루는 것이 뜨개질의 원리이다. 부모의 삶이 아이의 삶의 고리를 만들어내어 바탕을 이루듯이 매 순간을 기도하듯 정성을 다해 짜 올려야 하루, 또 한 달, 그리고 생을 완성하는 것이리라.

어느새 마무리 단계이다. 아이가 나에게 주었던 선물 같던 시간이 들어와 손을 잡고 세상에 나아가 펼칠 앞날에 대한 청사진도 얼굴을 내밀며 거든다. 완성된 앞판과 뒤판을 이은 후 두 팔을 붙인다. 한 가닥 실이 만들어낸 공간의 확장이다. 시간과 공간을 아우르는 창조의 순간, 바람 한 점 스치지 않는 지극히 정적인 공간에서 무한성을 이끌어낸 듯하다.

아이를 보듬어 올리듯 옷을 펼쳐 안고 톡톡 두드리니 옷이 벌떡 일어선다. 드넓은 세상을 향해 힘껏 아이를 밀어 올린다.

불 밝히는 방

방에서 보는 바깥은 한 폭의 풍경화다. 마주 보이는 황령산은 사계절 화폭을 바꾸어 새로운 그림을 그린다. 산 중턱에는 자주 다니는 절이 있다. 사방이 조용해진 새벽녘에는 우리 집까지 풍경소리가 들린다.

밤새 어둠을 밝히던 별들은 쉬러 가고, 하야스름한 새벽달도 걸음을 멈추고 창가에 앉는다. 황령산 너머 동해에서 안간힘을 쓰며 아침 해를 밀어 올리는 모양이다. 해와 달이 창을 비추는 이른 시간에 아들이 잠시 맡기고 간 방 안에 있다.

나는 매일 새벽에 일어나 아들의 방에 불을 밝힌다. 그런 후, 정수기에서 첫 물을 받아 머그컵 가득 채워 옆에 둔다.

옛날 어머니들이 타지로 자식을 보내놓고 안위를 빌기 위해 새벽마다 깨끗한 정한수 한 그릇 떠올려놓고 기도했던 그 마음을 흉내내고 싶었는지 모른다.

창가에 놓인 책상 앞에 앉는다. 공부하던 아들의 뒷모습이 익숙한 원목의 결이 고운 책상이다. 책꽂이에는 아들의 책이 꽂혀 있다. 졸업 앨범과 상장, 표창장도 있다. 부상으로 받은 고급 만년필도 가지런히 놓여 있다. 기초 군사 훈련에 임하느라 고등학교 졸업식에 참석 못한 아들 대신 내가 받았던 것들이다. 컴퓨터를 켜놓고 창밖을 보면 힘든 상황에서도 꿈을 향해 한 발 한 발 내딛으며 보폭을 좁히지 않았던 아들의 시간을 느낄 수 있다.

훈련을 받는 동안, 아침저녁으로 편지를 쓰느라 아들의 책상에 앉았다. 늦은 밤까지 잠들지 못하고 학교의 홈페이지를 들락거렸다. 소소한 일상을 전하는 말이나 감기 조심하고 밥 잘 먹으라는 흔한 당부의 말도 모두 절박한 인사가 된다. 출근할 때 데려다주며 나누었던 등굣길에서의 대화, 어디에 있든 달려가 함께할 수 있었던 시간들이 모두 그립다.

군대에 아들을 보낸 엄마들은 홈페이지를 통해서만 소식을 들을 수 있으니 컴퓨터 앞을 떠날 수가 없다고 한다. 그래서 컴퓨터가 있는 아들의 방에서 살다시피 한단다. 아들의 이름만 들어도 눈물이 나고 생각만 해도 가슴이 뭉클해진다고 한다. 대개의 엄마들이 겪는 비슷한 증세라더니 나도 예외는 아니었다.

엄마라는 이름표를 달면, 열 달 동안 품고 있던 자식을 세상에 내놓아도, 탯줄로 연결된 끈끈한 유대감 때문인지 늘 자식 걱정에 전전긍긍하게 된다. 아들을 둔 엄마들은 엄마의 방에 제일 크게 자리를 잡고 있던 아이를 군대에 보내놓고 편지를 쓰며 겨우 조금씩 마음을 비워내는 모양이었다. 아이와 엄마에게 연결되었던 탯줄을 끊어내야 한다는 것을 비로소 받아들이게 된다고 한다.

아들의 방에 있는 물건들 중에 소중하지 않은 것이 없다. 정리를 하려고 해도 쉽게 버릴 수가 없어서 그대로 두었다. 2학년 진급식이 끝나고 아들이 왔기에 책을 다른 아이에게 주어도 되겠느냐고 물었다. 지금 하는 공부와 연관성이 있는 '수학의 정석'은 그대로 두라고 한다. 정리를 하고 보니 책꽂이가 휑하였다.

내친 김에 서랍도 정리하다 보니 안쪽에서 조그만 상자가 나왔다. 그냥 둘까 하다가 열었다. 기초 군사 훈련 기간에 학교 친구들한테서 온 편지였다. 그리고 작은 소품 몇 가지도 있었다. 엄마를 의식한 탓인지 깊숙한 곳에 놓아둔 모양이었다. 아들의 비밀스런 공간을 보니, 언제 이렇게 자랐나 싶었다.

올해 4학년이 된 아들은 더욱 의젓해 보였다. 학교에서 맏형 노릇 하느라 그런지 제법 어른스러웠다. 집에 와서도 피곤한 기색이 없고 표정도 밝았다. 군인의 길을 선택한 아들의 모든 것이 안정되어 보였다. 마음속에 자기만의 방이 생긴 것처럼 엄마가 짐작할 수 없는 여유로움이 가득한 표정이었다.

그제는 모교 방문기간이라 저녁에 왔다. 선배들과 함께 모교를 방문하여 홍보 행사를 하는 모양이다. 아들이 머물 날짜를 손가락으로 꼽으며 며칠간 해 먹일 음식을 머릿속에 그려보며 신이 났다. 새벽 일찍 시장에 가서 전복도 사서 구워주고, 낙지도 한 마리 데쳐서 아침상을 차리고, 다음 날은 고기를 사서 구워 먹이고, 마음은 즐겁기만 했다.

그런데 행사를 마치고 오더니 가야 한단다. 금요일에는 선배들과 모임이 있고 토요일에는 친구들과 약속이 있다고 하니 더는 할 말이 없어진다. 조금이라도 더 같이 있고 싶은 엄마의 마음을 아는지 모르는지 기차표를 예매하며 만면에 웃음을 띠고 있다. 침구를 정리한 후에 가방에 물건을 챙겨 넣으며 콧노래를 부른다. 자신의 길에 대한 확신에 찬 미소가

멋지다.

새롭게 터 잡은 곳에서 자신의 길을 가고 있는 아들이다. 그곳에서 파일럿의 꿈을 안고 조금씩 나는 법을 배우고 있을 것이다. 성무봉 위로 솟아오르는 태양의 기운을 받으며 일어날 것이고, 무리 지은 별들이 떠 있는 밤하늘을 보며 잠자리에 들 것이다. 잠든 시간에도 하늘을 나는 꿈을 꾸지 않을까 싶다.

아들의 새 방에 새롭게 채워나가야 할 것들이 신성하고 아름다운 것들이었으면 한다. 부모가 만들어주었던 방이 아니라, 스스로 그 가치를 알아보고 소중한 것들로 하나씩 채워나가는 그런 방의 주인이길 바라본다. 그리하여 그 방에서 편안히 숨 쉬고 즐겁게 노래할 수 있으면 좋겠다.

오늘도 이른 시간에 일어나 아들의 방에 불을 켜고 책상 앞에 앉아 있다. 새로 시작한 공부를 하느라 거의 이곳에서 살다시피 한다. 아들의 책이 놓였던 자리에 나의 책이 늘어나고, 바탕화면에도 나의 자료 파일이 더 많다.

하루하루, 묵묵히 나의 길을 걷다 보면 그 빛은 아들의 길 위에도 닿지 않을까 싶다. 지금 밝히는 이 불빛이 아들이 걸어가는 길 위를 환히 비춰주길 기도하며 책장을 넘긴다.

까치발을 내려놓고

십 년 만에 찾아온 곳이다. 그리 멀지 않은 곳에 사는데도 떠난 곳을 다시 찾는 일은 생각처럼 쉽지가 않았다. 바쁘다는 이유도 있었겠지만 오래된 생채기를 되새김질하기 싫어서였는지도 모르겠다.

어젯밤 은지와의 통화가 불쑥 나를 이곳으로 데려왔다. 은지는 초등학교 때부터 고등학생이 될 때까지 내가 가르쳤던 아이다. 성적이 상위권인데다 영어선생님을 하겠다는 당찬 꿈이 예뻐서 애정을 갖고 지켜봤던 아이였다. 수시로 우리 집을 드나들며 고민을 털어놓고, 기쁜 일도 나에게 먼저 알리곤 했었다. 은지가 고1이었을 때 부모가 이혼을 해서 외할머니 집으로 간 후 우리는 만나지 못하게 되었다.

어느새 한 아이의 엄마가 되었다는 은지. 그 아이는 오래전 그때처럼 나에게 상담을 해왔다. 교직을 이수하기 위해 대학원에 진학하고 싶은데 지금 형편으로는 너무 힘들다는 것이었다. 그 말끝에 나에게 수업을 받을 때가 그립고, 그때처럼 산길을 같이 걷고 싶다며 울먹이기까지 했다. 전화를 끊고 난 후 나도 한동안은 그때 그 시절에 발목이 잡힐 수밖에 없었다.

아미동을 지나 사하구가 시작되는 곳, 까치고개. 이곳에서 학원을 운영했다. 원생들은 대부분 집 근처 초중고생들이었다. 오후부터 늦은 밤까지 아이들과 함께 보냈다. 방학 때는 가능하면 오전에 수업을 끝내고 오후에는 아이들과 함께 이곳 산을 오르곤 했다. 아이들의 이야기도 들어주고 꿈도 함께 그렸던 곳이다. 정든 옛터를 앞두고 보니 그때가 어제인 듯 선명하다.

구두를 벗어 차에 두고 운동화를 꺼내어 신는다. 발이 편해지자 온몸이 편안해진다. 산도, 집들도 한 무릎 다가앉는 것 같다. 추억도 한층 생생해진다. 간만의 여유를 즐기며 천천히 걸음을 떼어놓는다.

아파트 뒤로 돌아가 탱자나무 울타리가 쳐진 담장을 따라 걷는다. 성냥갑처럼 작아서 마치 동화 속의 요정들이 살고

있지 않나 싶던 집들이 나온다. 이 길을 곧장 따라가면 정상
에 오를 수 있다. 사방이 탁 트이고 도시를 한눈에 내려다
볼 수 있는 곳이다. 그래서일까. 자주 그곳으로 아이들을 데
려가곤 했다.

"깍깍깍, 깍깍깍"

어디선가 들려오는 까치 소리가 정답다. 모든 게 변했지만
까치 소리는 여전하다. 이곳은 내 청춘의 한 시절을 내려놓
았던 곳이다. 제2의 고향이라 해도 과언이 아닐 것이다. 타지
에 사는 사람들은 고향 까마귀만 봐도 반갑다는데 고향이나
다름없는 곳에서 듣는 익숙한 까치 소리가 마치 나를 환영
하는 것 같아 괜스레 울컥해진다.

"짝짝짝, 쪽쪽쪽"

까치 소리를 말로 표현하라 했더니 은지가 알려준 것이다.
우리를 반기는 박수 소리, 우리를 격려해주는 뽀뽀 소리라며
까르르 웃곤 했다. 까치는 사람과 친숙한 새라 어디서나 흔
히 볼 수 있지만 이곳에는 유난히 까치가 많았다. 까치들의
합창에 아침 일찍 눈을 뜨곤 했으니까.

산길로 접어드니 까치 몇 마리가 눈에 띈다. 가느다란 발
가락에 힘을 주고 뒤꿈치를 들고 콩콩거리며 걷는다. 벌레를
잡는지 부리로 콕콕대며 땅을 쪼고 있다. 오고 가는 등산객

들의 발걸음 소리가 익숙해서인지, 인기척을 못 느끼는 것인
지 일부러 바스락바스락 소리를 내며 풀밭을 걸어도 저희들
끼리 수다 삼매경에 빠져 있다. 마치 작은 교실에 앉아 재재
거리던 아이들처럼 정다운 한때를 즐기고 있다.

새처럼 재잘거리던 아이들은 대학을 졸업하고 사회인이
되어 가끔 안부를 물어오기도 한다. 경찰이 된 아이도 있고,
군인의 길을 가고 있는 아이, 간호사가 된 아이도 있다. 학
창시절을 나와 함께 걸었던 아이들의 얼굴이 주마등처럼 스
쳐간다.

시간의 위력이라는 걸까. 힘들었던 기억이 너무 크게 남아
있는 곳이지만 돌아보면 그마저 아름답게 채색이 되어 있다.
쫓기듯이 모든 것을 내려놓고 떠났던 곳. 그런데도 신접살
림을 차리고 아이를 낳고 또 학생들을 가르쳤던 이곳에서의
추억이 때때로 그리웠다. 그 시간 속에 나의 청춘도 있고, 안
쓰러운 뒷모습을 남기고 떠나간 은지도 있다.

몇 달 전 우연히 은지와 연락이 닿았다. 약속을 하고 커피
숍에서 만난 은지는 사내아이를 데리고 나왔다. 대학교 1학
년 때 동급생인 남편을 만나 아이를 기르며 일을 병행하면서
어렵사리 학업을 마쳤다고 했다. 아직은 또래들과 어울려 다
니며 깔깔거려도 좋을 나이건만 직장 생활에 육아까지 감당

하느라 지쳐 보였다.

얼마나 종종걸음으로 달려왔던 것일까. 머리를 질끈 묶고 화장기 없는 얼굴로 말갛게 웃는 모습을 보고 있자니 나도 모르게 눈시울이 뜨거워졌다. 무어 그리 바쁜지 차 한 잔을 다 마시지도 못한 채 뛰다시피 되돌아서던 은지는 아이를 맡기고 바삐 출근을 해야 한다고 했다. 환한 웃음 뒤에 숨겨진 그늘이 보이는 것 같아 헤어지고 난 후에도 한동안 짠한 마음이 지워지지 않았다. 한편으로는 은지의 지금 모습이 내 탓인 것만 같아 마음이 무겁기도 했다.

은지가 외할머니 집으로 갈 무렵 나 역시 혼란스런 시간을 보내고 있었다. 남편이 중국을 거래선으로 하는 무역업을 시작한 지 얼마 되지 않았을 때였다. 선배의 말만 듣고 전 재산을 들고 덥석 뛰어들었다. 그러나 들여온 물건은 하자 투성이였다. 결국 환불 요청이 쇄도했고, 그 비용까지 더해서 빚이 엎어진 꼴이 되었다.

늘어나는 빚이 목줄을 죄기 시작했다. 달리 방도가 없었다. 수강생들을 모두 돌려보내고 한 번도 해보지 않은 영업직에 뛰어들었다. 그 후 새로운 일에 적응하느라 나를 추스르기도 힘든 시간을 보냈다. 때때로 은지를 비롯한 아이들의 눈망울이 떠올랐지만 바쁘다는 이유로 연락마저 끊고 살았다. 지금도 남들보다 더 좋은 성과를 내기 위해 끼니도 거른 채, 휴일도 없이 일할 때가 많다.

이런저런 생각에 잠겨 걷다 보니 어느새 정상이다. 옥녀봉을 샅샅이 훑던 붉은 해가 저 멀리 다대포 바다로 뉘엿뉘엿 기운다. 외국의 어느 마을처럼 이색적인 정취의 감천마을이 보이고, 컨테이너를 실은 트레일러가 오고 가는 감천항 일대가 한눈에 들어온다.

멀리 보이는 장림과 다대포가 쥘부채처럼 펼쳐져 있고, 부챗살처럼 쭉쭉 뻗은 도로에는 차들이 한낮의 열기를 식히며 느릿느릿 달린다. 해는 구름과 어깨동무를 하고 바다를 품에 안으며 살며시 모래톱에 내려앉는다. 뜨거운 열기를 풀어놓고 잔 숨을 토해내는 저 태양처럼 이 순간 나도 잠시 익숙하던 까치발을 내려놓고 있는 참이다.

푸근해진 마음속에 풍경도 담고, 사람도 담고, 하루의 끝을 알리는 태양도 담는다. 오랜 허기를 채운 듯, 살 것 같다. 다음에 은지를 만나면 꼭 해주고 싶은 말이 생겼다. 힘이 들 때면 가끔은 까치발을 내려놓으라고.

청어의 꿈

검은 실루엣을 벗어내며 희붐하게 다가앉는 새벽 바다다. 정박한 어선의 불빛에 반사되어 비늘 같은 물결이 반짝인다. 파도가 달려오다 일순간 사라지고 또 떼 지어 몰려오다 발 아래에서 잦아든다.

파도의 여음을 들으며 해안선을 따라 몇 걸음 옮기니 과메기 덕장이 나온다. 바다에 발목 잡히고 눈이 꿰어 옴짝달싹 하지 못하고 오도카니 서 있는 과메기들이 줄지어 있다.

마른 밥을 삼킨 듯 목이 메거나 힘에 부치는 일로 가슴이 답답해질 때에는 과메기 덕장을 찾곤 한다. 그들에게도 넓은 바다를 꿈꾸며 수심 깊은 곳으로 나아가던 때가 있었을 게 다. 그들에게서 박제된 나의 꿈을 읽는다.

눈빛마저 푸르던 한 마리 청어의 꿈이 아련하다. 문득 심청색의 유선형 몸체를 흔들며 푸른 바다를 가로지르던 청어처럼 바다에 들고 싶다. 신발을 벗어두고 바다로 향한다. 차가운 바닷물이 발끝을 적시니 잠시 잊었던 지난 일들이 떠올라 한동안 생각에 잠긴다.

이십 대에 세상이라는 바다의 한가운데에서 한 남자를 만났다. 교사가 되어 후진을 양성하겠다는 꿈을 안고 직장을 다니며 시험을 준비하던 때였다. 푸른 청사진을 그려 보이며 구애를 펼치던 그의 말에 솔깃 넘어가 결혼이라는 한배를 탔다. 사랑이라는 이름으로 기꺼이 그에게 허리를 꿰인 셈이다. 고백건대, 어쩌면 그가 나의 꿈에 날개를 달아줄지도 모른다는 생각이 먼저는 아니었다.

그는 선장이 되고 나는 그의 신호에 맞춰 동분서주하며 푸른 바다를 항해했다. 순풍에 돛을 단 듯, 순조로운 항해를 하며 행복을 만끽할 때도 있었지만 사는 일은 망망대해를 건너는 것처럼 긴 여정이라 예기치 못한 난관을 맞닥뜨리곤 했다. 폭풍우를 만나기도 했고 미처 보지 못했던 암초에 부딪치는 위기를 맞기도 했다. 나의 결혼생활은 꿈꾸었던 것과 달리 하루치의 고비를 넘기면 또 하루치의 파도가 휘몰아쳐 헤쳐 나가기에 급급하여 팍팍하기 짝이 없는 시간들이었다.

크고 작은 파도를 넘나들며 제법 항해에 자신이 붙을 즈음, 비로소 큰 파고의 능선을 넘어섰다 싶어서 허리를 펴고 하늘을 보니 잊고 있던 소중한 무언가가 생각났다. 결혼과 동시에 가슴속 깊은 곳에 가라앉아 오랫동안 잊고 있던, 아니 여건이 허락지 않았기에 꺼내어 볼 수도 없었던 나의 꿈이었다. 존재조차 낯설어 얼른 주머니 속에 넣어두고 모른 척 외면했지만 그럴수록 꿈은 더욱 간절해졌다.

중단했던 공부를 시작하고 싶다는 나의 말은 남편에게 아무런 울림도 주지 못했던 것일까. 남편은 우리 형편에 무슨 꿈 타령이냐, 밥만 먹고 살면 되지, 라는 말을 무심결에 툭 던졌다. 그런 남편이 야속했다. 내심 '그동안 고생했으니 이제 당신 하고 싶은 공부 하면서 살아봐.'라는 말을 기대했었다. 섭섭함은 꼬리에 꼬리를 물어 결국에는 결혼생활에 대한 회의감의 늪에 빠져 한동안 헤어나지 못했다.

그런 연유로 지난해에는 감당하기 버거울 정도로 정신에 한기가 들어 안으로 나만의 대문을 닫아걸었다. 일의 전말보다 받아들이는 스스로의 감정이 당혹스러워 낯선 감정들과 싸우며 보낸 셈이다. 멍하니 앉아 하늘만 쳐다보기도 했고 이웃들과 가벼운 만남도 하지 않았다. 삶의 의욕마저 잃어버린 채 말문을 닫고 혼자서 눈물 흘리는 시간이 이어졌다.

보다 못한 지인이 유명한 사찰로 나를 데려갔다. 하소연을 들은 후 스님은 다짜고짜 '묵혀두세요'라는 말로 화두를 던졌다. 노란 메주콩이 시커먼 간장이 되고 곰삭은 된장이 되는 이치를 알고 있지 않느냐고 물었다. 묵혀두다 보면 콩이라는 본질은 없어지고 간장이라는 새로운 성질의 물질을 만들어 내고, 또 오래 묵힐수록 더 깊은 맛을 내지 않느냐며 나를 다독였다.

당장 힘든 시간을 어떻게 풀어야 할지 몰라서 답답하기만 한데 묵혀두라니. 묵혀둔다는 것은 단순한 정지라고만 생각했기에 쉽게 수긍하지 못했다. 스님의 말씀을 이해하고 실행에 옮기기까지 꽤 많은 시간을 흘려보냈다.

남편의 실뚱머룩한 반응에 대한 나의 섭섭함을 마음 한 귀퉁이에 밀쳐두기로 했다. 또한 시간이 지나면 설익은 감정은 여물고 더욱 성숙해진 자신을 발견하게 될 것이니 정진하라는 스님의 말씀을 되뇌곤 했다.

외려, 어둠이 짙으면 의식은 더 또렷해지는 걸까. 낯선 감정에 발목잡히고 남편에 대한 서운함으로 옴짝달싹하지 못하고 있을 때, 꿈에 대한 열망은 깃대를 흔들며 까무룩 잦아들던 의기를 곧추세워주었다. 어쩌면 나도 모르게 남편에 대한 감정을 묵히는 도구로써 주머니 속에 숨겨두었던 꿈을 끄집어냈는지도 모른다.

점점 더 선명해지는 꿈을 확인하고 구체적인 계획을 세웠
다. 휴직 중이던 직장에서 다시 일을 시작했고 시간 날 때마
다 밀쳐두었던 책을 펼쳐 들었다. 퇴근 후에는 입학시험을
준비하기 위해 도서관으로 발걸음을 돌려세웠다. 그러는 사
이 일 년이라는 시간이 지났고 나는 당당히 합격증을 받아
들었다. 낯선 감정도 숙성이 되었는지 지금이야말로 세상사
에 일희일비하지 않는 지천명의 삶을 살고 있지 않나 싶다.

잠시 생각에 잠겨 있었지 싶은데 어느새 수평선에서 길게
뻗어 나온 햇살이 발끝을 간질인다. 모래사장으로 나와 엉
덩이를 깔고 앉으니 종아리를 쓰다듬고 움츠린 어깨를 감싸
안으며 토닥이는 듯하다. 가슴을 펴고 태양의 기운을 들이
마시니 심장이 데워지는지 가슴께가 부풀어 오르며 뻐근해
진다.

진홍색 휘장을 드리우며 해가 물 위로 오른다. 젖은 햇살
을 털어내며 천천히 몸을 일으키는 찬란한 바다의 끝에서 꿈
마저 푸르러 탱탱하던 청어는 간데없고 꼬들꼬들 물기 빠진
또 한 마리의 과메기가 서 있다. 삶이라는 휘몰아치는 바람
에 얼고 녹기를 반복하다 보니 푸석거리고 기름기 빠진 모
습이 영락없는 듯하여 슬며시 웃음이 난다.

청어도 햇살에 빗장을 풀고 물을 뚝뚝 떨구고 있다. 해풍에 얼고 녹기를 수차례 반복하며, 청어과메기라는 견장을 달기 위해 제 몸을 담금질하는 숙성이라는 과정을 거치고 있다. 푸르던 몸체는 짙은 황금빛으로 익어 있고 결기에 찬 정신은 한 치의 흐트러짐도 용납하지 않는다는 듯 꼿꼿한 부동의 자세다.

젊은 시절 꾸었던 꿈이 꼭 이루어진다는 보장은 없다. 가슴에 품고 이루고자 노력할 때 온전한 빛을 발하는 것이 진정한 꿈이리라. 아침 바다, 과메기 덕장에서 청어의 꿈을 만난다.

비계를 풀다

　중앙대로를 중심으로 오른쪽에는 원도심을 재건축한 아파트 단지가 밀집되어 있다. 쭉쭉 뻗어 침엽수림 같은 아파트 숲에는 크고 작은 건물들이 키 재기 한다. 새로 조성된 단지 내의 화단도 갖가지 꽃들로 화려하게 치장하고 있다. 나는 매일 아파트 단지에서 몸을 빼내어 대로의 왼쪽 주택가로 걸음을 옮긴다. 몇 달 전에 등록한 스피닝 센터에 가려면 그곳을 지나야 하기 때문이다.

　주택가에는 낡고 허름한 집들이 오밀조밀하다. 사방팔방 세상을 들썩여놓았던 부동산 바람도 비껴간 곳이다. 오랫동안 재개발 지역으로 묶여 있던 곳이라 족히 이삼십 년은 더 되어 보이는 집들이 빼곡하다. 그중 제법 큰 축에 드는 집이라야 기껏 열 평이나 될까. 볼품없는 외관만큼이나, 제구실을 하려면 손볼 곳이 한두 곳이 아니다. 허물고 새로 짓거나, 개보수를 해도 비용 면에서는 큰 차이가 없어 보일 정도다.

좁은 골목과 낡은 집들 때문인지 거리의 분위기도 맞은편과는 정반대다. 몇 번씩 주인을 구하고 또 새로운 임자를 찾았을는지, 입구 담벼락에는 벽보를 내붙였다가 떼어낸 자국들로 얼룩져 있다. 하루 벌어 하루를 사는 날품 인생이나 한 달 치의 봉급으로 살림을 맞춰 살아야 하는 나 같은 서민들이 편하게 찾아들 법한 곳이다.

왠지 나는 그런 집에 정감이 간다. 아마도 산뜻한 새집으로 이사를 간 기억보다 등기부 등본에 주인이 몇 번씩 바뀐 집으로 이사를 간 적이 많았기에 그럴 것이다. 거쳐 간 이가 많은 집은 품고 있는 사연도 많을 게다. 더구나 낮은 곳의 팍팍한 삶이 어땠을지 유추되기에 더욱 마음이 끌리는지도 모를 일이다.

최근 들어 그 주택가에 새로운 변화가 일었다. 문화의 거리를 지정할 거라는 정보가 나돌자 개보수 공사에 들어가는 집들이 늘어났다. 전후 피란민들이 정착하며 만들어진 곳이라 보존의 가치가 있다는 판단이었을 게다. 각 구마다 그런 곳에는 관광객들의 발길이 끊이지 않아 지역 상권이 살아나고 있다 하지 않는가.

운동을 시작하기 전, 자전거 위에 앉으면 창으로 삼 층짜리 옆 건물이 눈에 들어온다. 오랫동안 비어 있었는지, 벽은 쩍쩍 갈라졌고, 그 틈으로 새어 들어간 빗물은 알 수 없는 기하학 무늬를 아로새겨놓았다. 원형탈모가 생긴 것처럼 뭉텅뭉텅 타일이 떨어져나간 곳에는 이끼가 피었다 마르고 또 곰팡이가 누렇게 자리 잡아 힘겹게 견딘 세월을 말해주는 집이다.

문짝과 창문을 떼어놓아 휑한 문 사이로 들여다본 천정의 도배지에도 얼룩이 번져 벽지의 꽃무늬가 형체를 알아보기 어려울 정도다. 그나마 보수를 위해 얼기설기 덧대어놓은 비계라도 없었더라면 금방이라도 폭삭 주저앉을 것처럼 위태로워 보인다. 마치 가슴에 기구를 부착하고 검진대에 누워 있던 내 모습처럼 말이다.

지난겨울, 알 수 없는 피로감으로 의기소침하게 하루하루를 보내고 있던 참이었다. 몸이 보내는 이상 신호를 지나치기 어려울 만큼 횟수가 잦았다. 계단을 오르는 일이 힘들었고 조금만 걸어도 숨이 찼다. 그동안 바쁘다는 핑계로 건강검진을 미루어왔던 터라 큰맘 먹고 종합병원에서 검진을 받기로 했다.

검진 결과는 좋지 않았다. 여러 가지 항목에서 관리를 요한다는 소견을 듣게 되었다. 무엇보다 심각한 것은 심장의 부정맥이었다. 누구에게나 약간의 부정맥이 있다지만 막상 내 일이 되고 보니 덜컥 겁이 났다.

다행히 정밀검사를 통해 본 심장의 구조와 기능에는 이상이 없었다. 부정맥은 가볍게 넘겨서는 안 된다며 담당의사는 건강관리를 당부했다. 비곗덩어리가 내장에 끼어 있는 셈인데, 탁해진 혈액이 혈관을 타고 돌다가 뇌에서 막히면 뇌경색이고, 터지면 뇌출혈, 심장의 혈관을 막으면 급성 심근경색증이 된다고 겁을 주었다. 덧붙여, 몸을 혹사시키지만 말고 그동안 고생한 몸에게 선물하는 셈 치고 식이요법으로 몸의 균형을 맞춰주라고 주문했다.

지금까지 감기 외에는 크게 앓아본 적이 없을 정도로 타고난 건강체라는 막연한 자신감이 있었다. 그간 방치했던 몸이 반란을 일으키는가 싶었다. 하긴 세월이 나만 비켜갈 수야 있을 것인가. 반 알의 흰 알약을 받아 들고, 유산소 운동을 통한 체중조절을 권유하는 의사의 말을 꼬리표처럼 매단 채 병원을 나섰다.

당장 운동을 시작하리라던 다짐은 고작 이삼 일 아파트 주변을 돌다가 작심삼일로 그쳤다. 설상가상, 그동안 내 삶이 무가치하다는 생각에 우울증까지 겹친 듯했다. 건강을 돌보지 못했다는 자괴감 때문에 움츠러들다 보니, 몸피를 둘러싼 지방층은 점점 두터워지는 것 같았다. 팔을 휘젓고 허리를 돌려봐도 여러 벌의 옷을 껴입은 듯 둔하고 불편하기 그지없었다. 막다른 골목에 선 기분이었다. 나를 위해 무엇이든 해야만 했다.

인터넷 검색을 통해 요즘 유행한다는 스피닝이라는 운동을 알게 되었다. 에너지 소모가 많은 운동이라 단시간에 효과를 볼 수 있을 거라는 생각에 집 근처의 센터에 등록했다. 비계를 단단히 두르고 뚝딱뚝딱 보수공사가 한창인 오래된 집처럼, 나도 심신의 구석구석을 재건하기 위해 땀 흘리고 있다.

스피닝은 신나는 음악에 맞춰 자전거의 페달을 밟는 것으로 시작한다. 강사의 수신호에 따라 팔을 굽혔다 펴고, 오른쪽 왼쪽으로 상체를 기울이는 것을 반복한다. 마치 주인인 것처럼 수 년째 옆구리에 들러붙어 있던 지방덩어리도, 팔뚝과 다리에서 출렁거리던 비곗덩어리도 부끄러워할 겨를이 없다. 저는 저대로 나는 나대로 마구 흔들릴 뿐이다.

한바탕 신바람 나는 시간을 보내고 나면 온몸의 세포가 되살아나는 기분이 든다. 서너 달이 지나는 동안 운동과 식이요법을 병행하며 단단히 뭉쳐 있던 비계를 풀어낸 덕분에 몸도 마음도 제법 제자리를 찾아가는 것 같다. 몸을 이 지경으로 방치해두었다는 자괴감이 조금씩 사라지고, 앞으로 전개될 새로운 삶에 대한 기대감도 새 살처럼 돋아나는 것 같다. 꽉 낀 청바지, 하늘거리는 원피스, 몸매가 드러나는 셔츠가 청춘들만의 전유물은 아니라는 자신감마저 거들고 나서는 걸 보면 육신을 넘어 정신도 조금은 개보수가 되었나 보다.

머지않아 겨우 모양만 유지하며 버티었던 삼 층 건물도 비계를 풀 것이다. 대문을 달고 창문도 짜 넣고, 예쁜 도배지로 마지막 단장을 할 것이다. 반짝반짝 빛나는 신혼부부의 새로운 둥지이거나, 푸릇한 꿈을 꾸는 어느 여학생의 자취방일 수도 있겠다. 황혼을 함께 누리는 노부부의 작은 보금자리일지도 모른다. 누군가의 안식처가 되기 위해, 이 순간 집이 보내고 있는 고난의 시간을 나는 응원하고 있다.

3부

창 넓은 방

숫돌

주방 기구 중에 유독 칼을 좋아하는 편이다. 외국으로 여행을 가도 꼭 한 자루는 사 온다. 어쩌다가 시골 장터라도 지나게 되면 철물점이나 난전의 칼 장수 앞에서 발걸음을 떼지 못할 때가 많다. 그래서인지 집에 있는 칼은 종류도 다양하고 웬만한 식당보다 가짓수가 많다.

학창시절부터 아르바이트를 하고 그 후로 줄곧 직장생활을 하다 보니 집에서 보내는 시간이 여느 주부들처럼 많지 않다. 그러다 보니 굳이 구분하자면 바깥에서 일하는 일꾼에 가깝지 집안일하는 살림꾼은 아닌 처지다. 살림 솜씨를 자랑할 수도 없거니와, 요리 솜씨라면 더더욱 자신이 없다. 그런데도 흔히 주부들이 수집하는 식기나 찻잔, 냄비세트가 아니라 유독 칼을 사게 되는 이유가 있다.

출산을 앞두고 휴직을 하고 집에서 쉬고 있을 때였다. 마침 농한기라 아버지께서 우리 집에 오셨다. 신혼 살림집을 이리저리 둘러보시고는 찬장 문 나사를 조여주시고 삐거덕거리던 문틀도 바로 세워주셨다. 마지막으로 주방 서랍에서 식칼과 과도를 꺼내놓고 근처 철물점에 가서 숫돌을 사 오셨다.

아버지는 집안이 바로 서려면 칼이 잘 들어야 하는 법이라며 우리 집에 올 때마다 숫돌 앞에 앉곤 하셨다. 평소에 무뚝뚝하고 딸 일엔 관심도 없는 것 같던 아버지도 딸을 결혼시키고 나니 무슨 걱정이 앞섰던 것일까. 속으로는 칼과 집안이 무슨 연관이 있을까 생각하며 유난스런 아버지를 보며 말없이 웃기만 했다.

아버지는 심란한 일이 있을 때면 고향집 마당 수돗가에서 숫돌 앞에 쪼그리고 앉아 낫과 칼을 벼리곤 했다. 그런 모습을 볼 때면 우리들이 아버지의 어깨를 무겁게 짓누르고 있다는 생각에 미안한 마음이 앞섰다. 그런 마음과 달리 멀게만 느껴져 발자국 소리도 낮추고, 방으로 들어가 책상 앞에 앉았다.

그런 아버지가 시집간 딸 집에서 칼을 갈아주던 모습은 아버지와 나의 거리를 무릎 앞 한 뼘까지 끌어당겨 준 셈이다. 나의 서운한 마음마저 적잖이 누그러뜨렸다. 그때의 추억 때문인지, 칼을 사용할 때마다 아버지가 생각나며 그 말씀을 곰곰 되짚어보게 된다.

아버지가 돌아가신 지 몇 년이 지났다. 어머니 혼자 계신 고향집에 형제들이 모일 때가 많다. 칠 남매에 딸린 식솔들이 많아 삼시 세끼 음식을 해내느라 딸이나 며느리는 부엌에서 벗어나기 힘들다. 그럴 때마다 사용하는 친정집 칼은 언제나 시퍼렇게 날이 서 있어서 긴장을 늦출 수가 없다.

식당을 하는 지인으로부터 아무리 칼을 잘 갈아도 며칠만 쓰면 무뎌지기 마련이라는 말을 들은 적이 있다. 그런데 왜 아버지가 벼려놓은 칼은 몇 년째 번쩍이는 날카로움을 그대로 유지하고 있는지 알 수 없는 일이다. 아버지의 칼을 대할 때마다 집안을 챙기며 칠 남매 공부시키느라 힘들었을 당신을 무던히도 벼르고 또 벼르며 다잡았을 아버지를 떠올리게 된다.

오래전에 아버지께서 사놓은 숫돌은 몇 번의 이사 끝에 없어져버렸고, 가끔 지하철에서 사 오는 칼갈이는 시원치 않아 한 번 쓰고는 쓰레기통에 던져버렸다. 더구나 칼을 그라인더에 대서 열을 먹으면 날의 생명이 끝난다고 해서 그런 곳엔

맡길 엄두도 나지 않았다. 고심 끝에 아버지가 사용하던 것과 닮은 숫돌을 인터넷에서 찾아냈다.

며칠 전 숫돌이 집으로 배달되어 왔다. 아버지께서 생전에 즐겨 사용하시던 것과 닮았다. 간만에 본 숫돌이 어찌나 반갑던지. 장정의 손바닥 크기의 직육면체 모양인데 나무틀로 고정시켜서 욕실에 앉혀놓고 보니 제법 그럴듯했다.

숫돌 앞에 앉으니 아버지 앞에 앉은 듯 여간 조심스럽지가 않다. 물을 뿌려 날을 충분히 적셔주고 칼을 조심스레 숫돌에 문지른다. 칼이 숫돌을 따라 내릴 때 힘을 주고 거슬러 올라올 때는 힘을 빼고 살짝 띄워야 이가 빠지지 않고 제대로 된 칼 갈기가 된다. 이론을 훤히 꿰고는 있지만 생각처럼 쉽지는 않다.

곁눈질로 보고 가끔 숫돌 앞에 앉곤 했었지만 칼을 갈아 본 지가 너무 오래되어서인지 숫돌은 칼을 연신 밀어내고 칼 역시 숫돌의 살을 파고들 기세다. 서로 기싸움이 팽팽하다. 그때 아버지와 나처럼. 칼도, 숫돌도, 그리고 나도 서로 길이 들려면 아무래도 시간이 좀 필요하겠다.

아버지의 뜻을 거역하며 나는 기어이 국문학과의 합격증을 받아 들었다. 열 손가락 깨물어 안 아픈 손가락 없다고 하면서도 언제나 오빠들을 우선시하던 아버지였다. 오빠들이 공부하는 자취방으로 내려가 밥해주며 있다가 좋은 혼처를 골라 시집만 잘 가면 된다는 아버지와의 갈등은 커져갔다. 딸은 안중에도 없는 아버지가 야속하기만 했다.

몰래 원서를 넣었다. 합격을 하고도 통지서를 내놓지 못하고 끙끙대다 그동안 모아둔 용돈과 어머니의 쌈짓돈을 털어서 등록금을 마련하고 내려와버렸다. 혼자 힘으로 학업을 마치겠노라 큰소리 탕탕 치며 4년 내내 아르바이트를 해야 했고, 장학금을 받기 위해 불철주야로 공부에 매달려야 했다. 힘들다는 내색도 못하고 변변한 추억 하나 없는 학창시절을 보냈다.

아버지에 대한 서운함이 나를 버티게 하던 시절이었다. 아니, 세상이라는 숫돌 위에서 나 스스로를 벼리느라 원망마저 사치이던 시절이라는 게 맞을 것이다. 파란만장 끝에 졸업장을 받아 들었고 드디어 아버지께서도 인정을 해주셨다.

한참을 끙끙거리자 숫돌에서 시커먼 물이 뚝뚝 떨어진다. 무뎌진 칼날이 바로 서느라 흘리는 땀과 칼을 벼리느라 제 살을 깎아내는 숫돌의 눈물이 하나로 흐른다. 물을 한 바가지 뿌려 남아 있는 찌꺼기를 씻어 내린다.

아버진들 과년한 딸자식을 타지에 내어 놓고 마음이 편했을까. 내가 부딪히고 넘어지며 나를 깎는 동안 눈과 귀를 온

통 내게 걸어놓고 지내셨을 아버지. 칼이 무뎌질세라 수시로
숫돌 앞에 앉던 아버지를 이제야 제대로 읽는다. 뒤늦은 자
책이겠지만, 한때 내가 철없이 쏟아냈던 말의 칼날들이 아버
지를 아프게 하지 않았기를 빌어보는 날이다.

사랑니

바늘을 달군다. 바늘이 식기를 기다리는 동안 혀끝을 사랑니 쪽으로 깊숙이 집어넣어 더듬어본다. 움푹 패어 있다.

손거울을 꺼내어 보며 바늘로 쿡쿡 찌르고 이리저리 돌려 헤집어 보니 꽤 깊다. 오래전에 음식물을 씹다가 사랑니 끝부분이 부서졌다. 깨어진 틈 사이로 음식물이 고이며 충치가 생겼는지 단 음식을 먹으면 저릿하니 여간 불쾌한 것이 아니다. 도리 없이 치과에 가야 될 모양이다.

남편을 처음 만났던 스무 살 되던 해 봄날에 사랑니가 났다. 칫솔이 잘 닿지 않아 양치질할 때 불편한 것을 빼고는 거의 잊고 지낼 만큼 아무 탈이 없었다. 그 후 잠잠히 있다가 어느 날부터 감기 증세가 있거나 조금만 피로해도 목 줄기에서 왼쪽 귀까지 아렸고 머리마저 지끈거렸다. 알고 보니 사랑니가 신경을 눌러서 그런 거라고 했다.

이번에는 기어이 빼내고야 말리라 작정하고 병원으로 향한다. 의사는 사랑니에 염증이 생기면 앞의 어금니로 번지기 때문에 대개는 뽑지만 틀니를 할 때 기둥이 되기도 하고 흔들림을 잡아주는 역할을 하기 때문에 문제가 생기지 않으면 그냥 두어도 좋다고 한다.

거슬리고 거추장스럽던 사랑니가 오히려 그런 역할을 한다고 하니 무슨 아이러니인가. 사람도 이와 같을까. 남편은 나에게 사랑니처럼 큰 도움이 되지 않는다고 여겼다. 나의 인생을 걸고 믿고 기댈 수 있는 든든한 어금니 같은 존재임은 틀림없지만 적어도 경제적인 면에서는 그렇다고 느끼며 살아왔다.

남편은 선천적으로 남을 잘 믿는 순수한 사람이라 상대가 던져놓은 낚싯줄에 코가 잘 꿰이는 편이다. 피해 갈 수 있는 크고 작은 파도를 직접 부딪치며 온몸으로 타고 넘으며 살아가는 사람이다. 사기를 당하고도 죄 지은 놈이 나쁜 놈이지 나는 죄가 없다며 속 터지는 소리를 하기도 한다. 사람 좋다는 평을 달고 살지만, 자기 것을 못 챙기는 성품 탓에 식구들만 힘들 뿐이었다.

내가 돈을 버니 나를 믿고 그러는 거라며, 남들은 일을 쉬고 살림만 하라고들 하지만 그건 사정을 모르는 사람들이 하는 소리다. 혹시나 하고 몇 번 쉬어보기도 했지만 가장으로서 책임감이 없는 것이 아니라 타고난 성품 탓이라는 결론만 얻게 되었다. 고쳐지지 않을 것이라는 걸 알기에 나에게 정해진 길만 묵묵히 걸어가는 방법을 택하는 수밖에 없었다.

연이은 실패로 가정 형편이 힘들어졌을 때도 먼저 상황을 알려주어 미리 대비하면 좋았으련만 일이 터지고 나서야 알려주어 식구들을 곤경에 빠뜨리곤 했다. 남편이 저질러놓은 일의 뒤처리를 위해 좌우 시야를 차단당한 경주마가 되어 아이들을 껴안고 뛰어야만 했다. 한창 자라나는 아이들에게 맘껏 해주지 못하고 돌봐줄 시간도 부족했다.

내가 할 수 있는 최선의 대비책은 폭풍이 몰아닥칠 상황을 대비해서 미리 준비를 해두는 수밖에 달리 방법이 없었다. 남편 때문에 앞만 보고 달려야 한다고 느꼈기에 그는 여간 불편한 존재가 아니었다. 그럴 때마다 남편은 빼어버리고 싶은 사랑니 같은 존재로 느껴졌다. 끊임없이 나를 짓누른다고 느꼈다.

많은 시행착오 끝에 남편의 일은 자리를 잡았다. 때마침 하던 일이 경기와 맞물려 회복세를 타게 되었고 다행히 걱정하지 않을 정도의 생활비는 들어온다. 그러나 이름만 가장일 뿐 나에게 큰 바람막이가 되어주지 못했던 사랑니 같은 남편이라는 인식은 좀처럼 없어지지 않았다.

얼마 전, 남편에 대한 마뜩찮은 감정도, 사랑니에 대한 나의 묵은 감정도 호의적으로 바뀌게 된 계기가 있었다. 아이들이 대학생이 되어 타지로 유학을 떠나고 둘만 남았다. 아이들이 없는 집은 온기를 잃어버린 것 같았다.

또다시 잊고 있던 사랑니 때문에 치통이 시작되었다. 화초를 키우고 운동을 하며 마음을 붙이려 애를 써도 남편과 둘이 있는 시간은 힘이 들었다. 낯선 남자와 새로운 동거를 시작하는 것처럼 매사가 거슬렸다. 적과의 동침이 따로 없었다.

일찍 들어와서 어디냐고 물으며 일하고 있는 나를 호출하기 일쑤였다. 아이들이 없으니 요구하는 주문은 왜 그리 많은지. 한동안 집 안 어딜 가도 시야에서 어른거리는 남편이 불편해서 일부러 공원으로 운동을 나가기도 했다. 그러나 시간이 흐를수록 남편은 예나 지금이나 그 자리에 있는데 나 혼자 유난을 떤다는 생각이 들기 시작했다. 아이들이 떠난 빈 집이 너무 커다랗게 부각된 탓이었다.

피할 수 없다면 즐기는 게 상책일 터. 어떻게든 껴안고 같이 가야 하는 내 사랑니가 아니었던가. 이미 오래전에 봉인

해두었던, 가슴을 뜨겁게 달구었던 이십 대 봄날의 연가를 다시 꺼내기로 했다. 시간을 내어 점심을 같이 먹자고 했다. 퇴근 후에는 맛집으로 가자며 내가 먼저 전화를 했다. 가끔은 백화점에 들러 머플러를 사서 안기며 '넌 내꺼야'라는 닭살 멘트도 날렸다.

그런 척하고 있으면 그리 된다고 하지 않던가. 서로의 노력으로 지금은 처음 사랑을 앓았던 삼십 년 전으로 돌아가 남편과 즐거운 시간을 보내고 있다. 퇴근 후에는 영화를 보고 사무실 근처 커피숍에서 차 한 잔을 앞에 두고 가벼운 담소도 나누곤 한다. 거칠어진 손을 잡아주며 그때 조금 더 당신을 이해했더라면 힘든 시간을 보내게 하진 않았을 텐데, 라며 서로의 상처를 어루만져주기도 한다.

보는 시선을 달리하니 오히려 남편은 나의 사랑니처럼 나의 삶을 든든히 잡아주고 지켜주고 있었다는 생각이 들었다. 이 모든 것이 서로에게 물들어가며 익어가는 삶의 과정일 뿐인데 나는 너무도 당연하게 남편에게 악역을 뒤집어씌우고 원망하는 힘으로 살아오지 않았나 하고 반성하게 되었다. 오래전부터 남편은 그 자리에서 자신의 삶에 충실했었는데 마치 그것이 사랑니처럼 박혀 나를 짓누른다고 느꼈던 것일 뿐이다.

지금 우리는 서로의 장점만 보고 첫사랑을 노래하던 핑크
빛 사랑니가 아니라 단점까지도 껴안을 수 있고 아픔도 보
듬어 줄 수 있는 성숙한 사랑니가 되려고 노력한다. 기꺼이
상대를 위한 틀니의 기둥이 되어줄 수 있는 그런 사랑니 말
이다.

민들레의 노래

소나기의 타악 퍼포먼스가 한동안 이어진다. 굵은 빗줄기의 본격적인 난타였다가, 쪼르륵 지붕을 타고 내리는 빗방울 소리로 후렴구가 바뀌고 있다. 빗소리의 변주는 그칠 줄 모르고, 산책 중에 잠시 비를 피해 가자며 들어온 북카페에 발목이 잡혀버렸다.

공원은 몇 년 전까지 주한 미군 기지였다. 옛터를 그대로 보존하면서 현대에 맞게 볼거리를 더해서 부산시민공원이라는 새로운 이름으로 개장했다. 높은 담벼락과 철통같은 경계, 세상 속에 있으면서도 세상이 아닌 듯 스물네 시간 삼엄한 기류가 흐르던 곳이다. 나 역시 호기심으로 담 너머의 세상을 기웃거리곤 하던 이곳, 추억의 영토에는 늘 막내고모가 함께한다.

개장과 얼추 맞물리는 시점에 나는 공원 근처의 아파트로 이사 왔다. 고모가 그토록 살고 싶어 했던, 하루 종일 볕이 잘 드는 양지바른 집이다. 거실에 서면 공원이 훤하게 내려다보인다. 사방을 에워싸던 담장이 사라지고, 훤한 대로가 뚫려 연일 사람들의 발길이 이어지지만 고모가 자리를 잡았던 웅달진 모퉁이는 아직도 내 안에 아릿한 슬픔으로 남아 있다.

고모는 한쪽 팔만 있었다. 어린 시절 사고로 생긴 장애였다. 그래서인지 고모는 혼기가 차도 마땅한 혼처가 나서지 않았다. 여러 차례 혼담이 오고 가다, 가난한 집안의 총각과 혼사가 이루어졌다.

고모부는 심성만 고운 학자라고 어른들이 수군댔다. 어느 날 고모네 식구가 거리에 나앉게 되었다는 소식이 들려왔다. 아버지는, 제 식구 거처할 방 한 칸 구하지 못하는 변변찮은 인사라며 혀를 끌끌 찼다. 몇 날인가 고심을 하다가 고모의 집을 마련해주었다.

고모는 혼자 힘으로 살아보겠다며 포대기에 아들을 둘러업고 과일 행상에 나섰다. 친정에 손을 벌릴 수 없다는 생각에서 내린 결단이었다. 한 손으로 커다란 대야를 이고 거리

124

를 헤매기를 수년, 마침내 허름한 리어카를 장만했다. 목 좋은 곳은 언감생심, 허름한 담장 아래 자리 잡았다.

이따금 오가는 이들이나 오래된 단골만이 고모를 찾아주었다. 밥 한 숟가락에 서너 대접의 물을 들이켜 배를 채우며 허기를 달래던 시절이라 한 팔로 세상에 뿌리내리는 고모의 삶이 얼마나 팍팍했을는지. 비가 내리고 바람이 불어도 쉬는 날이 없었다. 과일 봉지를 건네면서도 고단한 내색을 하지 않았다. 오히려 콧노래를 흥얼거리곤 했다.

나는 방학이 되면 고모 집에서 지낼 때가 많았다. 집은 마치 기차 모양으로 여러 가구가 다닥다닥 붙어 있었다. 고작 방 한 칸에 부엌 하나 딸린 집이었건만 불편한 줄도 몰랐다. 돌이켜보면 입 하나 느는 것이 고모를 더 고단하게 만들지는 않았을까 하는 생각이 들지만 그때는 거기까지 생각이 미치지 못하는 철부지였다.

고모의 얼굴을 가까이에서 볼 수 있다는 것이 좋기만 했다. 넓은 집 두고 뭐 하러 우리 집에 오냐며, 고모는 동그란 두 눈을 초승달처럼 접어 흘기며 웃기도 했지만 고모 역시 나를 그리 귀찮아하지 않았던 것 같다. 고모의 잃어버린 팔에 대한 사연을 들은 후부터는 왠지 고모가 더 애틋해졌다.

한국전쟁이 끝날 무렵, 어른들은 외출 중이었고, 집에는 아버지와, 세 살 어린 고모만 남았다고 한다. 군인이었던 큰아버지가 잠시 마당에 세워둔 총을 아버지가 갖고 놀다가 실탄을 발사하는 실수를 저지르고 말았다. 하필이면 파편이 어린 고모의 팔에 명중이 되어버렸다.

고모의 장애가 당신의 탓이라며 아버지는 늘 자책하셨다. 고모는 모든 것이 운명이었다는 말로 아버지의 한탄을 막았다.

고모가 장사를 나가면 바지런히 집안일을 끝내고 리어카로 달려갔다. 잔심부름도 하고, 노래도 불러주며 종일을 함께 보내기도 했다. 한여름 뙤약볕 아래 개미 한 마리 지나가지 않는 거리에서 과일 사라고 외치던 고모에게 세상은 사람이 살지 않는 인적마저 끊긴 사막과도 같았을 것이다.

어둠이 깔리기 시작하면 조용하던 거리가 치장을 시작했다. 밤이 깊어질수록 화장은 점점 짙어졌다. 낮에 보았던 여인들이 짙은 화장을 하고 화려한 꽃송이가 되어 어둠 속으로 걸어 들어가면 동네 전체가 요란하게 휘청거렸다.

휘청거리는 거리, 백열등 불빛 아래에서 노점상을 하던 고모는 담벼락에 붙어 선 민들레가 되어 홀로 피었다. 땅바닥에 낮게 핀 하얀 민들레처럼 그녀에게 눈길을 주는 사람은 아무도 없었다. 간혹 어깨를 맥없이 늘어뜨린 고단한 가장의 힘없는 손에 과일 몇 개 까만 봉지에 붙들려 갈 때뿐이었다.

　지하철이 가까운 노후지역이라 하여 개발 바람이 불었다. 시세보다 값을 조금 더 받고 집을 팔고 떠나는 사람도 생겼고 아이들 교육에 좋지 않다며 떠나는 이들이 하나둘 늘어났다. 정부의 정책에 맞물려 홍등가 여인들도 민들레 홀씨 되어 훨훨 날아가 버렸다. 멀리, 아주 멀리 날아가 제일 높은 곳에 뿌리내려 제일 먼저 내리쬐는 햇볕 받으며 살면 좋겠다고 생각했다.

　누구도 따뜻한 눈길을 주지 않는 곳에서 홀로 환하게 꽃을 피우고 갓털을 만들어 세상의 처처로 날려 보내는 꽃. 뿌리 밑에 또 뿌리를 내려 거푸 짓밟혀도 피는 꽃, 앉아 핀다 하여 안질방이라 부른다며, 자신과 꼭 닮았다고 한탄하던 민들레다. 곤고한 삶을 지탱해내느라 더 낮은 곳으로 흘러들어 움츠리며 살 수밖에 없었던 민들레와 같은 고모였다.

　민들레 갓털이 바람에 난분분하게 흩어지던 봄날, 고모는 세상을 떠났다. 민들레 홀씨처럼 훨훨 날아가, 부디 초고층 하늘정원에 내려앉아 이 세상을 내려다보며 살아가라고 나는 마음속으로 기도했다.

　비가 그치고 공원은 언제 그랬냐는 듯이 해가 쨍쨍하다. 공원의 나무와 꽃들은 비에 젖어 한결 더 짙다. 잘 조성된 화단 옆에서 고개를 내밀고 환하게 웃는 민들레를 본다. '살아야 한다. 살아야 한다. 그러면 살아진다.' 비 내리는 날에도, 바람 부는 날에도 행상을 나서며 주문처럼 외던 고모의 음성이 들리는 듯하다.

아버지의 봄

삐거덕, 정미소 문을 여니 찢어진 양철 지붕을 헤집고 들어온 햇살 한 줄기가 주인인 듯 진을 치고 있다. 빛 사이를 빼곡하게 유영하는 먼지 알갱이들로 하여 햇살은 마치 투명 막대처럼 도드라져 보인다. 아니, 햇살 한 가닥으로 하여 남은 어둠이 더 부각되는 것 같기도 하다. 텅 빈 공간으로 깊고 무거운 적막이 똬리를 튼다.

얼마나 오랜 시간 매달렸을까. 한 마리 거미가 대궐을 짓고 들앉아 있다. 아버지가 계셨으면 결코 거미의 활보를 용납하지 않으셨을 텐데 오십견이라도 걸린 양 엉거주춤하게 지붕을 들어 올린 흙벽과 거미의 집에서 아버지의 부재를 다시 읽게 된다.

아버지의 지휘 아래 일사불란하게 가동되던 정미소다. 아버지께서 세상을 뜨시고 우람한 기계들도 멈춰서 버렸다. 그동안 켜켜이 쌓인 먼지를 떨어내고 힘차게 페달을 밟고 싶다고 아우성쳤는지도 모른다. 벽을 뚫어버린 커다란 구멍 사이로 무시로 풍광이 드나들기는 했겠지만 철철이 옷을 갈아입는 바깥세상이 그들에게 무슨 위로가 되었으랴.

일 년 전, 크레인으로 원동기와 함께 크고 작은 기계를 들어냈다. 부속품을 빼내어 형체마저 허물어졌는데도 원동기는 꿈쩍하지 않았다. 몇 번의 시도 끝에 기어이 두 동강이 나고서야 들려 나왔다. 기계와 바닥에 엉겨 붙어 떨어지지 않는 기름 찌꺼기만큼이나 아버지의 가슴속에 끈질기게 들러붙어 놓아주지 않던 응어리진 피고름이 바닥에 흥건히 고여 있는 것만 같아 가슴이 아렸다. 아버지에게 정미소가 어떤 의미였는지 알기에 정미소를 비워내던 날의 충격은 쉬 잊히지 않았다.

지리산 줄기가 길게 뻗어 내린 곳이 아버지가 살던 마을이다. 백 호가 넘는 마을에서 부농의 아들로 유년을 보내셨다. 그리 길지는 못했지만, 부잣집 막내아들이 누릴 수 있는 호사는 누릴 만큼 누렸다고 한다.

아버지의 풍족한 유년 시절이 싹둑 잘려 나간 건 아버지가 열네 살 되던 해 봄이었다. 한국전쟁 이후 남북의 이념갈등이 밤낮으로 끊이지 않을 때였다. 마을 사람들도 좌파와 우파로 나뉘어져 인심이 흉흉해져 있었다.

"어르신 계십니까?"

소작논을 빼앗긴 섭이 아재였다. 노름에 빠져 농사가 건성이던 아재는 할아버지의 눈 밖에 날 수밖에 없었다. 소출이 적게 나오기 일쑤였고, 할아버지는 본보기로 아재의 소작논을 모조리 거둬들였다. 이에 앙심을 품은 아재가 낯선 이들을 데리고 온 것이었다.

아재의 말이 신호가 되어 사랑채 뒤에 매복해 있던 빨치산들이 들이닥쳤다. 종일 친구들과 산과 들로 뛰어다녔던 아버지는 이미 깊은 잠에 빠진 뒤였다. 그런 아들을 안고 혼곤히 잠자리에 들었던 할아버지와 아버지는 꼼짝없이 포박을 당하고 말았다.

그들의 포로가 되어 앞산의 두어 봉을 지나 제일 큰 고개를 올랐다. 잔설이 드문드문 남아 있는 산골짜기와 처연히 붉은 빛으로 이른 자태를 드러내고 있는 진달래가 핀 산등성이로 달빛은 흐르고, 하얀 달빛 아래 할아버지의 두루마기 자락만 찬 밤바람에 펄럭이고 있었다고 한다.

"영석아, 영석아."

할아버지는 연신 나지막한 헛기침을 하며 아버지의 이름을 불렀다. 여기를 지나면 더 이상 달아날 곳이 없으니 지금 달아나라는 할아버지의 간절한 신호였다. 막내아들만은 살려서 돌려보내야겠다는 할아버지의 애끓는 심정이 오죽했으랴. 할아버지의 간절함이 전해졌던 것일까.

이름을 부르는 소리에 맞춰 아버지는 언덕 아래로 몸을 굴렀다. 봄이면 봄, 여름이면 여름, 계절에 따라 아버지의 놀이터가 되어주던 재와 골짜기였다. 구석구석을 낱낱이 꿰고 있던 아버지는 할아버지의 의도를 단방에 알아차렸다고 한다.

사실 포승줄은 풀어진 지 오래였다. 설마 어린아이가 혼자 도망가랴 싶었던 건지, 아니면, 평소 자신을 잘 따랐던 아이를 차마 제 손으로 해치기 힘들어서였는지, 몇 번 비틀자 아재가 손수 묶었던 끈이 스르르 풀려버렸다고 한다. 할아버지를 두고 갈 수 없어서 몇 번의 헛기침 신호를 모른 척하고 넘기고 말았지만 아버지 역시 그곳이 탈출할 수 있는 마지막 기회라는 것을 진즉에 생각하고 있었던 터였다.

"탕탕." 얼마 후 두 발의 총성이 길게 산을 울렸고 다음 날 할아버지는 주검이 되어 돌아오셨다. 그날 이후 아버지는 며칠간 정신을 잃고 앓아누웠다. 겨우 몸을 추스르고 일어난 아버지의 첫마디가 혼자 살아 돌아와서 죄송하다는 것이었다. 그때의 기억을 좀처럼 떨쳐낼 수 없었던지, 성인이 되어서도 아버지는 말수가 적고 혼자 있는 시간이 많았다.

이를 안쓰럽게 여긴 큰아버지는 집안에서 운영하던 정미소를 넘겨주었다. 무언가 몰두할 거리를 주어야만 악몽 같은 기억에서 벗어날 수 있을 것이라 싶으셨던가 보다. 든든한 바람막이였던 할아버지를 여의고 마음 둘 곳 없었던 아버지는 할아버지의 체취가 남아 있는 그곳에서 살다시피 했다.

어른들의 바람대로 정미소는 아버지에게 생기를 불어넣어 주었다. 곡식을 빻거나 기계를 고치며 일에 파묻혔다. 손재주가 좋은 아버지는 무엇이든 척척 만들어냈고 기계가 고장나도 남의 손을 빌릴 필요가 없었다.

이내 살림이 불어났고 혼기가 차서 일가도 꾸렸다. 부부 금슬도 좋아 올망졸망 일곱 남매를 두어 동네 사람들에게는 부러움의 대상이 되기도 했다. 이따금 정미소에 심부름을 가면, 아버지는 다정한 미소와 장난으로 우리를 즐겁게 해주셨다. 할아버지와 아버지, 그리고 당신이 세상에 내어 놓은 자식들, 삼대를 연결하는 끈이었던 정미소는 어쩌면 단 한 순간도 소홀히 다룰 수 없는 성전과도 같았으리라.

쓸고, 닦고, 조이고, 기름칠을 하고…. 정미소에 있는 동안만은 세상 모든 것으로부터 자유로워 보이셨다. 아니, 아버지 자신으로부터 가장 자유로운 곳이 바로 정미소였는지 모른다. 이따금 차르르 쌀알이 흘러내리는 소리와 함께 아버지의 웃음소리가 정미소를 가득 채우기도 했으니. 이제는 그 끔찍했던 시간도 아버지의 기억에서 멀어지는가 싶었다.

그러나 아버지의 아픔은 그 무엇으로도 상쇄될 수 없었던 것일까? 해마다 봄이 되면 홀로 도망 나온 열네 살 소년이 되어버리는 것이었다. 앞산 산골짜기가 꽃으로 붉게 물들면 아버지의 아픔은 더욱 짙어지는 것 같았다. 그 즈음이면 예외 없이 앓아눕곤 하셨다. 끼니를 거르고 잠도 이루지 못하셨다. 술의 힘을 빌려 할아버지를 목놓아 부르는 날이 많아졌다. 세월이 흘러도 아버지의 봄은 고통과 회한으로 점철되었다.

일손을 돕던 오빠들이 유학을 떠나고 나는 아버지의 방앗간 일을 자청해서 도왔다. 방앗간의 심장부인 원동기에서 나는 비릿한 기름 냄새도 좋았지만 자루마다 가득 가득 담겨있는 곡식들을 보는 것이 즐거웠다. 뚝딱뚝딱 아버지의 손을 거쳐 고장난 기계가 되살아나는 것도 신기하기 이를 데 없었다.

아까시 꽃이 눈꽃처럼 하얗게 피어나던 어느 봄날, 가벼운 감기 증세로 찾은 병원에서 아버지는 폐암 말기 진단을 받았

다. 기껏해야 삼 개월이라는 시한부 선고를 받고 앞산 봄꽃
들의 향연이 끝날 때까지 병과 사투를 벌이다가 꽃들의 잔
치가 끝날 무렵 아버지는 당신이 오래 그리워하던 할아버지
곁으로 떠나가셨다.

내일이 아버지 기일이다. 제사 음식을 장만하느라 일손은
분주하건만 나의 유년시절이 곱다시 배 있는 정미소를 자꾸
만 서성거리게 된다. 환히 웃으며 나를 반기던 아버지가 눈
에 선한데 이제 어느 곳에도 계시지 않는다. 해마다 봄이 되
면 지병처럼 도지던 당신의 멍에가 오늘은 딸의 가슴에서도
아릿한 통증이 된다.

자귀나무 꽃

아버지 산소 가는 길이다. 저 모퉁이만 돌면 아버지가 계신다.

"저거는 산나리 꽃, 저거는 싸리 꽃, 벌써 자귀나무 꽃도 피었구나!"

아버지에 대한 그리움에 눈물이 치밀어 목이 메는데 어머니는 꽃 이름을 일일이 부른다. 하긴 일 년 동안이나 병상에 계시다 찾는 산소이니 눈에 익은 것들이 오죽 반가우실까. 떨리는 목소리에 촉촉한 물기가 스며 있음을 알기에 나는 눈을 껌뻑거리며 젖은 기침만 해댄다.

일 년 전이었다.

"너희 엄마가 또 이상하다."

전화기를 통해 들려오는 아버지의 다급한 목소리로 어머니의 상태를 짐작할 수 있었다. 뇌출혈이 재발한 것이다. 119에 전화를 걸어 급히 병원으로 모셔달라는 부탁을 하고 부랴부랴 집을 나섰다.

응급처치를 했지만 재발이라 증세가 심했다. 우리는 외줄을 타듯 아슬아슬한 마음으로 곁에서 지켜볼 수밖에 없었다. 당장 차도가 없으니 당사자나 보는 이나 힘들기는 마찬가지였다. 왼편 수족이 마비되어 대소변을 받아내야 했고, 옷을 입고 벗는 일과 밥 먹는 일조차 간병인의 도움이 필요했다. 자존심이 강한 어머니는 이 모든 일을 수치스러워했지만 의지력이 강한 분이라 잘 견뎌냈다.

불행은 혼자 오지 않는다고 했던가. 손을 잡고 겨우 걸음을 뗄 만치 어머니의 병세가 호전되었을 무렵 아버지께서 느닷없이 폐암 말기라는 진단을 받았다. 이미 장기 곳곳으로 전이된 상태라 약을 쓰는 일도, 수술하는 일도 불가능하다고 했다. 결국 의사가 내린 시한부 선고는 자식들의 가슴을 갈기갈기 찢어놓았다.

어머니의 담당 의사는 다시 충격을 받으면 영영 못 일어날 거라며 당분간이라도 아버지의 병세를 어머니에게 알리지 않는 것이 좋겠다고 했다. 의사의 말을 따를 수밖에 없었던 우리는 건강검진을 핑계로 같은 병원에 아버지를 입원시켰다. 자신의 상태를 모르는 아버지는 새벽마다 어머니의 병실로 달려가시곤 했다. 퇴원해서 이것도 하자, 저것도 하자며 도란도란 얘기를 나누시는 모습은 자식들은 물론, 주위 사람들의 눈시울을 적시게 했다.

진통제만으로 생을 지탱하시던 아버지의 상태는 하루가 다르게 나빠졌다. 도리 없이 어머니께 서울에 정밀검사 받으러 가야 된다고 거짓말을 해놓고 집으로 모셔왔다. 며칠 동안 의식을 잃고 깨어나는 일을 반복하시던 아버지는 결국에는 일찌감치 묏자리로 정해두었던 집 뒤의 천수답으로 영영 가시고 말았다. 이별의 의식도 치르지 못한 채 어머니는 아버지를 보내고 만 것이었다.

흔히들 여자의 일생을 옮겨 심어진 나무에 비유하곤 한다. 어머니의 삶 역시 크게 다르지 않았다. 가난한 집안의 맏딸이었던 어머니는 부농의 막내아들과 떠밀리다시피 혼사를 치렀다. 처녀 시절 공무원으로 근무할 정도로 영리하고 자의식이 강했던 어머니도 시집이라는 낯선 터에 뿌리를 내리는 일이 그리 쉬운 일은 아니었다.

천석지기 농사일에 올망졸망한 자식들을 뒷바라지하느라 어머니의 하루는 허리 한번 펼 시간 없이 흘러갔다. 고단한 세월은 푸릇했던 어머니를 소금에 절인 무말랭이처럼 꼬들꼬들 물기 빠진 시골 아낙으로 만들어놓았다. 어쩌면 처음 겪는 농사일보다 고을을 쩌렁쩌렁 울린 할아버지의 기세등등한 위풍에 마음을 졸인 날이 더 많았으리라. 자식이 없었던 조강지처 큰할머니와 작은할머니 사이의 긴장관계는 얼마나 탱탱했는지, 고된 시집살이를 겪어오신 어머니다.

보름달이 휘영청 밝은 여름날 밤이었다. 막걸리 냄새를 잔뜩 풍기며 들어온 아버지의 잠자리를 봐드리고 어머니는 슬그머니 뒤뜰로 사라졌다. 가만히 뒤를 따라 도착한 곳은 집 뒤의 천수답이었다. '참을 수가 없도록 이 가슴이 아파도…' 달이 밝아올수록 선명하게 드러눕는 산 그림자와 바람에 흔들리며 비비적거리는 벼들의 풍경은 괴괴하기까지 했다. 그 속에서 어머니는 '여자의 일생'을 애잔하게 부르며 잡풀을 뽑고 있었다.

자귀나무 꽃, 산과 들에 지천으로 피어 있는 들꽃들에 비해 가지마다 공작새의 깃털을 얹어놓은 듯 연분홍 꽃술이 돋보이는 꽃이다. 하지만 그날 밤에 웅크린 꽃술은 낯설고 무서웠다. 어머니의 아픈 속내를 본 것 같아 더욱 그랬다. 자귀나무의 애연한 위무에 고가 스르르 풀려버린 것일까. 어머니의 선율이 가늘게 떨린다 싶더니 기어코 어깨가 들썩거리기 시작했다.

　낮에는 잎을 활짝 펼쳤다가 밤에는 서로 잎을 포개어 밤을 난다 하여 사랑나무라 불리기도 하는 자귀나무는 어머니가 무시로 찾아가 시름을 풀고 신세를 한탄하기도 하는 벗이었는지도 모른다. 매번 잎과 꽃술로 보드랍게 어머니의 아픈 마음을 다독거렸으리라. 눈물로 보낼 수밖에 없었던 어머니의 삶, 여자이기에 겪어야 하는 숙명을 그렇게 달래신 것이 어디 한두 번이었을까.

　아버지의 부재를 더 이상 속일 수가 없었다. 다행히도 어머니의 건강이 호전되었기에 그간의 일을 조심스럽게 알려드렸다. 지팡이로 나들이를 할 수 있게 되자 제일 먼저 아버지를 만나러 가자고 하셔서 길을 나선 참이다.

　산소에 다다르니 산나리, 쑥부쟁이, 이름 모를 들꽃이 산위로 가득하고 잔디도 가지런하다. 주말마다 큰오빠가 와서돌본 티가 난다. 산소 옆에 우뚝 선 자귀나무는 훌쩍 자랐다. 오늘따라 하늘거리는 꽃술이 유난히 아름답다.

　"나 왔어요."

　한 손은 지팡이를 잡고 나무에 기대어 서서 울음 같은 말을 던진다. 어머니와 같이 울어주던 자귀나무 꽃이 다시 흔들린다. 간다는 작별의 말도 못하고 먼저 간 아버지와 잘 가라는 이별의 손짓도 하지 못했던 어머니의 애끓는 조우가 자귀나무 아래에서 이루어지고 있다.

생과 사를 같이하자던 두 분의 사랑이 다시 시작되는 듯, 자귀나무 꽃이 꽃술을 활짝 열고 있다.

분홍색 꿈

　이불을 펼친다. 초록색 바탕에 청학이 그려진 홑청 위로 시침질해놓은 하얀 실밥이 가지런하다. 쪽가위를 든다. 몇 군데 가위가 스치니 비단 싸개를 단단히 잡고 있던 흰 광목 홑청도 힘을 푼다.

　광목을 걷어내니 짜투리 천으로 덧댄 곳이 많은 속청이 보인다. 침침한 눈으로 한 땀 한 땀 꿰매었을 어머니의 모습이 겹쳐진다. 어머니가 시집 와서 길쌈을 배워 처음 짠 천이라 한다. 손에 힘을 주어 잡아당기니 맥없이 찢어진다. 아무리 봐도 다시 이불보로 거듭나지는 못할 것 같다.

　이불집 주인은 겉옷을 벗고 속곳마저 벗어던지고 오롯이 속살을 드러내놓고 누워 있는 솜의 상태를 본다. 찬찬히 살펴보더니 상한 곳이 많고 보관 상태도 좋지 않다며 고개를 가로젓는다. 목화솜이 무슨 유명 브랜드라도 되는 양, 어머니가 직접 농사지은 목화솜이라고 힘주어 말해보지만 귓등으로 흘려듣는 눈치다.

헌 솜을 타서 새 이불을 만드는 비용이나 새 솜을 사서 이불 한 채를 만드는 비용이나 큰 차이가 없다고 한다. 중국산 솜이 좋아서 헌 솜을 타는 사람이 거의 없으니 그만 포기하라고 한다. 그래도 솜을 타겠다고 하자 주인은 중국 솜을 들고 나와서 목화솜 옆에 나란히 놓고 나에게 보여준다.

솜에 대해 잘 모르는 내가 봐도 목화솜은 전체적으로 누런색을 띠고 있고 거뭇거뭇한 점 같은 것이 박혀 있어서 비교가 되지 않는다. 뭉텅뭉텅 덩어리져 한쪽으로 쏠려 있는 곳도 있고 헐빈하여 바닥이 보이는 곳도 많다. 어머니가 농사지어 만든 솜이 아니라면 사실 오래전에 버려졌을 물건이다.

주말을 이용해 들른 친정에서 이불장을 정리했다. 들를 때마다 자주 덮지 않는 이불은 바람에 말리거나 세탁해둔다. 집 안을 정리하고 있으면 물건을 잘 버리지 못하던 어머니가 이것저것 버리라고 하신다. 대개 잘 쓰지 않는 것들인데 아마도 돌아가신 후를 생각하신 듯하다. 버릴 건 버리고 햇볕에 잘 말린 이불은 차곡차곡 개어서 정리해둔다.

그러나 장롱 맨 밑에 있는 이불은 언제나 예외다. 제일 오래되고 낡아 보이는데도 버리라는 말씀이 없다. 간혹 이불을 들고 어머니의 눈치를 살피면 대답 대신 시선을 돌리곤 하신다. 버리고 싶지 않다는 어머니의 마음을 우회적으로 표현하는 행동이다.

나는 어머니가 그 이불을 각별히 여기는 이유를 잘 알고 있다. 어머니가 처음으로 농사를 지은 목화솜으로 만든 이불이기 때문이다. 그 이불에는 어머니의 젊은 시절의 추억과 우리 가족의 모든 시간이 잠들어 있다는 것을 알기에 말없이 다시 넣어놓는다.

주인은 계속 솜을 들추더니 연신 고개를 가로젓는다. 아무래도 솜의 상태가 마땅치 않은 모양이다. 헌 솜을 타서 새 이불을 만드는 것이 이불 하나 만드는 일이 아님을 주인은 알 턱이 없을 것이다.

어머니에게는 이불에 대한 특별한 추억이 있다. 큰오빠를 낳고 아버지가 미군 부대에서 카추샤로 근무하게 되었다. 어머니는 어린 아들을 데리고 소일거리로 솜 농사를 지었다. 밭에 목화씨를 뿌리고 파릇한 새싹이 돋고 아기 볼처럼 볼록하게 열매를 맺어 들판은 초록으로 일렁였을 것이다.

이제 막 걷기 시작한 첫 아이를 안고 남편을 기다리며 목화밭을 일구는 어머니의 모습이 본 듯 선명하다. 팝콘 같은 목화 열매가 터지며 들판을 하얗게 수놓을 때에는 아버지를 그리는 어머니의 가슴도 함께 터지지는 않았을는지. 그리움으로 발갛게 물들었을 두 뺨을 봄바람이 따사로이 어루만졌으리라.

군복을 입은 남편이 성큼성큼 걸어올 것만 같은 신작로를 바라보며 눈물을 글썽였을 어머니. 솜을 타서 이불을 만들어 원앙금침을 베고 함께 덮을 생각으로 설레었을 젊은 날의 어머니가 그려지기도 한다.

물건을 잘 버리지 못하는 것은 대개 물건에 추억이나 사연이 깃들어 있기 때문이라고 한다. 아버지에 대한 그리움이 배어 있는 이불이라는 것을 알기에 친정집에서 갖고는 왔지만 주인의 말이 틀리지 않다는 것을 안다.

아끼던 이불을 딸한테 맡기고 허전해하실 어머니에게 예쁜 이불을 선물하고 싶었다. 그리고 어머니의 마음을 오래 간직하고 싶기도 해서 내가 쓸 이불 한 채를 더 주문하기로 했다. 보기 싫어도 괜찮으니 헌 솜을 타고 부족한 것은 새 솜을 더 넣어서 만들어 달라고 부탁했다.

이불 홑청을 고를 차례다. 주인은 실로 꿰매는 것은 번거로우니 지퍼가 달린 것을 권한다. 어머니와 아버지의 부부애처럼 오래도록 금슬 좋게 덮을 우리 부부의 홑청은 연두색 바탕에 매화꽃이 수놓아진 것으로 골랐다. 어머니의 홑청은 예쁘고 고운 것 좋아하시는 어머니의 취향에 맞춰 연분홍색 바탕에 동백꽃이 수놓아진 이불을 주문했다.

분홍색 이불의 앞면에 수실이 달린 장식이 있어 어머니가 잠 못 들고 뒤척일 때도 살랑대며 토닥여서 단잠에 들게 할 것만 같다. 어머니는 또 얼마나 달콤한 꿈을 꾸실는지, 아마도 젊은 날의 어머니로 돌아가 군대 간 아버지를 그리며 밭두렁에 서서 신작로를 바라보고 계시는 꿈을 꾸는 것은 아닐지. 부디 분홍색 예쁜 꿈만 꾸며 여생을 보내셨으면 하는 바람이다.

팔순에 되시는 어머니께 젊은 날의 추억이 고스란히 담겨있는 헌 솜을 타서 만든 새 이불을 선물할 생각을 하니 벌써부터 가슴이 설렌다. 일주일 후에 찾으러 오라는 주인의 말을 뒤로하고 집으로 향하는 발걸음이 가볍다.

며느리 가면

퇴근 후, 옷을 갈아입고 화장대에 앉는다. 클렌징크림을 꺼내어 화장을 지운다. 이마에서 볼 콧잔등 입술로 검지와 중지를 이용해 원을 그려나간다. 얼굴에 착 달라붙어 벗겨지지 않을 것 같았던, 덕분에 자신만만하게 하루를 살 수 있었던 얇은 막이 뿌옇게 흘러내린다. 티슈로 닦아낸 후, 물 세안으로 나머지 흔적마저 지운다.

거울을 본다. 짙게 그려 넣어 초승달 같았던 눈썹이 반 토막 나고, 갓 피어난 진달래 꽃잎 같았던 분홍색 입술도 하얗게 바랬다. 바르고 또 덧발라서 감쪽같이 숨겨두었던 잡티와 검버섯도 봉인 해제되어 활개를 친다. 화장기 뒤에 숨어있던 나의 민낯을 보는 것도 잠시, 이제 또 다른 가면을 써야 할

지도 모른다.

　일 년 전, 퇴근 무렵에 전화가 걸려왔다. 아버님이 교통사고를 당했다는 것이다. 가게 문을 닫고 어머니와 함께 오토바이를 타고 집으로 돌아가던 아버님이 빗길에 미끄러져 앞차를 들이받았다고 했다. 뒤에 타고 있던 어머님도 크게 다쳐 함께 입원해 있다는 것이다. 순간 동심원을 그리며 달리던 바퀴가 파열음을 내며 도로 위로 나뒹구는 장면이 머리를 스쳤다. 쓰러지는 오토바이에서 떨어지지 않으려고 안간힘을 쓰는 아버님의 얼굴이 겹쳤다.

　결혼을 앞두고, 직장이 가까운 곳에 신혼집을 얻으라는 어른들의 말씀에도 고집을 부려서 시집 옆에 신혼살림을 차릴 만큼 시어른들이 편했다. 긴 연애기간 동안 자주 뵈어서 그런지 얘기를 나눌 때도 스스럼이 없었다. 매일 아이를 맡기고 출근하고, 퇴근 후 같이 저녁을 먹고, 약주를 좋아하시는 아버님께서 장만해놓으신 안주로 반주도 한 잔씩 할 만큼 사이가 좋았다.

　아이들이 중학생이 되었을 무렵, 어느 날 남편과 큰 다툼이 생겼다. 내심 어른들이 나서서 둘을 불러내어 따끔하게 혼을 내고 중재해주기를 바랐지만 우리의 일에 개입하지 않으셨다. 평소 내 편이 되어주었던 아버님께 자초지종을 말

씀드리며 남편을 몰아세웠지만 아버님은 나의 말을 딱 자르
며 둘이서 해결하라고 했다. 단호한 아버님의 기에 눌려 더
는 아무 말도 하지 못하고 돌아왔다. 시간이 지날수록 믿었
던 아버님에 대한 배신감을 지울 수가 없었다.

　남편과 결혼을 결심하게 된 큰 이유 중 하나가 집안 분위
기였다. 엄한 아버지께서 모든 것을 결정했던 친정집과 달리
자식의 입장을 헤아려주고 스스로 해결하도록 기다려주는
분위기였다. 막상 해결할 일이 생기고 보니, 오히려 그것이
자식에 대한 무관심으로 느껴졌고 도리 없이 마음을 닫아버
린 셈이다. 둘 사이의 문제 해결만으로도 버거웠던 나는, 마
음을 다치지 않는 길은 그 방법뿐이라는 생각이 들었다.

　평소 같았더라면 아버님께 약주 한 잔 올리며, 이래서 섭
섭하고 저래서 섭섭하다며 투정이라도 부렸을 거다. 그러나
내 부모처럼 믿고 의지했던 아버님에 대한 서운함이 큰 탓인
지 그때부터 철저하게 속마음을 감췄던 것 같다. 결국은 팔
이 안으로 굽는구나. 이제부터 한 치 걸러 두 치의 며느리로
서의 의무만 해야 상처받지 않겠구나 싶었다.

　시간이 흘러, 아버님이 왜 그렇게 하셨는지 조금은 이해가
되었다. 일은 잘 해결되어 부부 사이에는 아무런 앙금도 남
아 있지 않으니 아버님 말씀하신 대로 모두 된 셈이다. 하지

만 그 일이 있은 후부터 시집 식구들을 만나도 예전처럼 편하지 않았다. 차츰 먼저 전화드리는 횟수가 줄어들었고 가족들과 함께하는 모임도 핑계를 대고 빠질 궁리만 했다.

한번 닫힌 마음은 좀처럼 열리지 않았다. 딸처럼 엽엽하게 굴던 며느리는 흔적도 남아 있지 않았던 것 같다. 궁리 끝에, 닫혀버린 마음을 들키지 않고 며느리와 시부모 관계를 원활하게 유지할 수 있는 방법을 찾아냈다. 시집과의 관계에서만 꺼내어 쓸 며느리 가면이다.

며느리 가면은 참 요긴했다. 예전처럼 싹싹한 며느리 역할도 무리 없이 할 수 있었다. 최선의 방법이 아님을 알면서도 손쉬운 해결 방법을 택한 셈이다. 항상 웃는 낯빛으로 어른들을 대하고 또 살갑게 굴었다. 그렇게 하다 보니, 가면 때문인지 진심인지 나조차도 구분이 안 될 때도 있었다.

퇴근할 때 타는 버스는 아버님의 가게 앞을 지나간다. 버스가 가게에 가까워지면 나는 반사적으로 가게 쪽으로 고개가 돌아간다. 아버님의 오토바이가 있나 없나부터 살피게 된다. 기계를 고치러 출장을 가거나 어쩌다 일이 있어서 외출할 때에도 오토바이는 보이지 않는다. 오토바이가 있을 때는 중고 기계를 사러 오는 이들을 응대하고 있는 날이다.

며느리 가면을 벗어던지게 된 계기가 있었다. 직장을 마치고 집으로 가던 길이었다. 교통사고 후, 아버님은 병원비가 아깝다며 이틀 만에 퇴원하시고도 불편한 내색을 하지 않으셨다. 몸도 추스르지 않고 곧장 가게 문을 열었다. 그날 오래된 재봉틀이 진열된 가게의 문은 열려 있었다.

교통사고로 폐기 직전까지 갔다가 아버님 손을 거쳐 겨우 목숨을 건진 낡은 오토바이 위에 아버님이 앉아 있었다. 수납공간이 많아서 늘 입으시던 작업 조끼를 입고 굽은 등을 보이며 생각에 잠기신 듯했다. 집에 도착한 후, 아버님의 뒷모습이 떠올라 전화를 걸었더니 반갑게 받으셨다. 그 후로 한동안 아버님의 모습이 뇌리에서 떠나지 않았다.

아버님의 꼿꼿했던 허리가 언제부터 저리 굽어 있었는지, 무엇이 그토록 아버님의 어깨를 무겁게 짓눌렀는지, 우리 부부도 한몫을 했다는 생각이 들었다. 금방이라도 폭삭 내려앉을 것만 같은 노인을 두고 무어 그리 신경전을 벌였을까 싶어 갈등했던 시간이 후회로 밀려왔다.

사실, 그때의 섭섭함은 이미 사라지고 없었다. 또 문제를 들쑤시어 일을 크게 만드는 것보다 가만히 두어 저절로 풀어지는 그 방법이 더 나았을 거라 수긍하고 있었다. 집안의 어른으로서 굵은 선을 그어놓으면 현명한 자식들이 잘 마무리 지을 것이라는 믿음이 있었음을 모르는 바 아니었다. 아버님의 뒷모습을 본 후로 며느리 가면은 흔적도 없이 자취를 감췄다.

지금까지 내가 살아오면서 쓴 가면은 얼마나 많을까. 내가 속한 사회 집단 속에서, 사사로이 맺은 관계에서 겉돌지 않고 잘 섞이기 위해 그때마다 다른 가면을 꺼내어 들지는 않았을지. 직장에서, 집에서, 혹은 혼자일 때에도 가면에 맞는 매뉴얼에 따라 행동하지는 않았을지, 돌이켜보게 되었다.

그때, 아버님의 모습은 아무도 의식하지 않은 듯 편안해 보였다. 두터운 역할극의 가면을 벗고 오롯이 자신으로 돌아가 있는 모습이었다. 한 집안의 어른으로서 본보기가 되어야 한다는 근엄함도, 작은 가게의 사장님으로서 직원들 생계까지 짊어져야 하는 부지런함도, 무시로 자식들의 안위를 살피는 아버지의 무거운 책임감도 내려놓고 망중한에 계셨을 게다.

나는 여전히 싹싹한 며느리로 통한다. 가면을 벗고 진심에서 우러나 하는 일인데도 가끔 가면을 쓰고 있는 것은 아닌지 의구심이 들 때도 있다. 여럿이 모여 살아가다 보면, 상대방을 배려하기 위해 때로는 가면이 유용할 때도 있지만 여전히 아무것도 덧씌우지 않은 민낯이 홀가분한 걸 보면 나는 훌륭한 연극배우는 아닌 모양이다.

그래서 바깥일을 할 때는 가급적 민낯의 솔직한 모습으로 사람들을 대한다. 먼저 자신을 열고, 먼저 손을 내밀기도 한다. 집으로 돌아와 화장을 지우고 멍하니 앉아 있을 때, 꽉 죄는 속옷을 벗어던지고 헐렁한 원피스 차림으로 음악을 듣고 있을 때는 몸과 마음도 완전한 민낯이 된다.

오늘은 남편이 일찍 퇴근한다고 한다. 길게 풀어진 머리를 질끈 묶고 앞치마를 두른다. 부엌으로 들어가 저녁밥을 준비한다. 콧노래를 부르며 쌀을 씻어 안치다가 문득, 나는 착한 아내의 가면을 쓰고 있는 건 아닌지 궁금해져 얼굴을 스윽 문질러본다.

웃음소리

어느 날 갑자기, 예기치 못한 일이 들이닥친다면 나는 언제나 그다지 겁나지 않는다고 말한다. 가끔은 의연하게 잘 대처하기도 했고 그리 겁이 나지 않을 때도 있었다. 실체를 모를 때보다 맞닥뜨리게 되면 투지가 생기기도 했다.

내가 유달리 배짱이 두둑하거나 의지가 강해서가 아니다. 버겁고 힘든 일을 앞에 두고 움츠러들기도 하고 끝을 알 수 없는 위기에는 주저앉고 싶을 때도 있다. 시간이 흘러도 해결의 기미가 보이지 않거나 감당할 수 없는 크기로 다가올 때는 어쩔 수 없이 남몰래 한숨을 쉬기도 한다. 또 심호흡을 크게 하며 자신을 추스르기도 한다.

사는 동안 크고 작은 난관은 누구에게나 있기 마련이다.

모두에게 예정되어 있지만 자신의 의지로 어찌할 수 없는 것이 바로 생로병사가 아닌가 싶다. 그중에서도 죽음이야말로 하늘의 뜻에 순응할 수밖에 없는 불가항력의 일일 것이다.

사람은 누구나 죽는다. 하루하루 지옥 같은 삶을 살아내는 이도, 생존에 대한 뿌리 깊은 애착이 있는 이도 생의 마지막 종착역은 죽음이다. 살아 있는 모든 것은 죽는다는 사실 앞에 예외는 없다. 아침에 뜬 해가 오후에는 기울고 산 너머로 사라지는 것처럼 거부할 수 없는 자연의 섭리가 아닌가.

흔히, 노년에 맞는 죽음을 호상이라 말하기도 한다. 그러나 하루라도 더 사랑하는 이들과 함께 시간을 보내고 싶은 것이 사람의 마음일 터인데, 과연 돌아가시는 분들도 자신의 죽음을 두고 그렇게 생각할까 하는 생각을 종종 한다.

직업의 특성 때문에, 가족의 사망보험금을 청구하러 오는 고객을 가끔 만난다. 지병을 앓다가 돌아가신 경우도 있지만 더러 아무런 준비도 하지 못한 채 갑자기 생을 마감하는 경우를 본다.

잠을 자다가, 예기치 못한 사고로, 준비 없는 이별은 누구에게나 일어날 수 있는 일이다. 직장에서 이런 일들을 종종 보기에 나는 가족들에게 늘 우리에게는 갑작스런 이별이 올

수도 있다고 말해둔다. 그래서 살아 있는 매 순간을 소중히 여기고 감사한 마음으로 살자고 한다.

그래서인지 아이들에게 사랑의 표현을 자주 하는 편이다. 그리고 생각해두었던 당부의 말도 미리 해둔다. 내 마음을 아는 아이들도 나의 호들갑스런 사랑표현에 귀찮아하지 않고 잘 받아준다. 의연한 척, 무심한 척, 많은 말을 늘어놓지만 나 역시 죽음을 생각하면 두렵다.

처음 죽음을 보았던 때가 일곱 살 무렵, 할머니의 장례식이었다. 시골마을에서 보았던 장례의식은 무섭기만 했다. 꽃상여 앞에서 통곡하는 부모님과 친척들, 죽음을 애도하던 마을 어른들, 만장을 든 긴 행렬, 나는 상두꾼의 노랫소리가 사라질 때까지 집에서 나오지 않았다. 할머니가 영원히 볼 수 없는 다른 곳으로 간다는 슬픔에 이별의식조차 거부했던 건지도 모른다.

몇 년 전 돌아가신 아버지의 장례식 때였다. 지병으로 시한부의 시간을 보낸 뒤에 온 이별이어서 어느 정도 마음의 준비는 하고 있었다. 그러나 이별의 시간을 알고 있다고 해서 슬픔이 덜어지거나 옅어지지는 않았다. 감정을 추스르지 못하고 비통함에 빠져 있는데 갑자기 장례식장에 왁자한 웃음소리가 퍼졌다.

겨우 걸음마를 뗀 돌 무렵의 어린 조카의 웃음소리가 시작점이 되었다. 제단에 올려진 아버지의 영정사진을 보았는지, 평소에 아버지가 하듯이 뒷짐을 지고 '허허허' 웃으며 아버지를 흉내내고 있었다. 목탁소리에 맞춰 덩실덩실 춤을 추기도 했고 연신 깔깔대며 재롱을 피우기도 해서 시름에 빠진 가족들이 웃음을 참지 못했다.

　웃음은 전염이 되었는지 문상을 온 사람들도 장례식장에서 왜 이렇게 웃음이 나는지 모르겠다며 참다못해 '허허허' 웃음을 터트렸다. 산소에 도착해서도 웃음소리는 끊이지 않았다. 장례지도사가 "아버지께서 유산을 많이 남기셨나 봅니다."라고 농담을 할 정도였다. 우리는 분명히 슬픔에 차 있었고 벌써 아버지의 얼굴이 그리웠는데 말이다.

　아버지는 투병 중에 지금 죽어도 여한이 없다는 말씀을 자주 했다. 지금에서야 자식들을 위한 배려의 말씀이었다는 것을 알게 되었지만 그때는 아버지의 그 속마음을 짐작하지 못했다. 손 쓸 방법이 없다며 맛있는 것 드시고 좋은 곳 다니시라는 의사의 말을 듣고 아버지는 자신보다 실의에 빠져 있는 자식들을 더 걱정했지 싶다.

　예정된 이별 앞에서 나도 아버지처럼 의연할 수 있을까. 세상에서 사라질 나에 대한 안쓰러움, 슬픔에 차 있을 가족들에 대한 걱정. 말처럼 쉽지 않을 것 같다. 아이들에게는 주어도 끝이 없는 무조건의 사랑을 더 많이 주고 싶을 것이다. 죽음 앞에서 늘 담담한 척하지만 부모로서 오랫동안 아이들 곁을 지켜주고 싶다는 애착을 쉬이 놓지 못할 것 같다.

나는 늘 아이들에게 말한다. 혹여, 엄마가 갑자기 세상을 떠나더라도 너무 슬퍼하지 마라. 최선을 다해 살았고, 늘 행복했기에 언제 죽어도 여한이 없다. 누구나 한 번은 영영 이별하니 그리 안타까워 할 일이 아니다. 살다가 힘들 때면 엄마 생각하며 하소연해라. 다 들어줄게. 부모는 살아서나 죽어서나 자식의 수호신이란다.

막상 나에게 죽음이 닥친다면 말처럼 담담하게 받아들일 수 있을까. 분명한 것은 누구나 죽는다는 것이고, 그 사실을 맞닥뜨렸을 때 두렵지 않은 사람은 없다는 사실이다. 그런 생각이 스치면 아버지 장례식 때의 그 광경이 떠오르곤 한다. 슬픔에 차 있을 자식들을 지키기 위해 아버지께서 장난을 치신 게 아닐까 싶었던 그 웃음소리와 함께 말이다.

힘든 일이 있을 때, 계속 살아갈 만큼 인생을 의미 있게 만드는 것은 무엇인가라는 질문을 스스로에게 던지곤 한다. 그 질문에 주저 없이 사랑하는 대상을 계속 볼 수 있다는 사실이 삶을 가치 있게 만든다는 대답을 하게 된다. 그럴 때면,

살아가는 동안, 더 많이 사랑하고 더 자주 표현하며 살아야
한다는 아버지의 말씀인 듯 어디선가 웃음소리가 들리는 것
같다.

나무 한 그루

동트기 전, 희붐한 거리의 풍경은 운치를 더하고 수시로 정체되는 도심의 길에 익숙하던 네 바퀴도 간만에 신바람으로 속도를 높인다. 근래에 남편과 단 둘이 떠나는 여행은 처음이지 싶다. 집을 나서며 일상에서 느끼지 못하던 감정으로 충만해진다.

한때 우리는 달랑 지도만 들고 무작정 집을 나서곤 했다. 아이들과 함께 사람의 발길이 닿지 않은 청정한 숲을 찾아다녔다. 그때까지만 해도 남편과 나는 말이 없어도 죽이 척척 잘 맞았다. 유난을 떠는 잉꼬부부라고 지인들의 눈총 아닌 눈총도 꽤 받았다.

그러나 언제부턴지 그럴 여유를 잃어버렸다. 부부 사이도 건조해져 아이들이 매개체가 되는 대화만 오고 갔다. 아이들이 대학생이 되어 기숙사로 떠난 후 둘만 남겨진 우리는 부부라는 오래된 이름으로도 피차가 낯설게만 느껴졌다.

둘 사이의 묘한 기류를 걷어낼 무언가가 절실했다. 이심전심으로 마음이 통했던 걸까. 서먹한 시간을 풀기 위해 남편도 고심했던 듯 나의 제안에 빠듯한 일정을 조절해서 시간을 만들었다. 간만에 의기투합한 탓인지 오래전 그때처럼 우리는 여행을 준비하며 서로가 신이 났다. 그러고 보면 참으로 먼 길을 돌아온 셈이다.

남편에게 여행을 제안한 것은 얼마 전에 우연히 본 영상 때문이었다. 풀 한 포기 자라지 않는 사막에 씨앗을 뿌리고 또 뿌려 마침내 한 그루 종묘를 키워내는 남자의 이야기였다. 나무 한 그루로 시작하여 사막에 물길을 내고 마침내 큰 숲을 일군 그 남자의 모습에서 남편의 삶이 투영되며 엉켜들어 가슴을 울렸다. 사막에서 뿌리를 내리는 일은 한겨울 언 땅에 뿌리를 내리는 일만큼이나 지난한 일일 터이다.

자작나무 숲에 도착하니 어둠살이 걷히며 투명한 햇귀가 막 세상으로 내려앉기 시작한다. 햇살이라는 조명 아래 수피가 터진 흰 몸체와 빛에 반사되어 반짝이는 초록 잎들은 몸을 뒤척이며 수인사를 건넨다. 숲은 시간이 멈추어버린 듯

고요하다. 말로 형언키 어려운 자연 그대로의 자연이다.

우리는 어깨를 나란히 한 채 나무의 숨을 깊숙이 받아 마신다. 숲의 청정함이 온몸 구석구석으로 휘도는 게 느껴진다. 낱낱의 피톨들이 미세하게 떨려오는 기분이다. 문득, 발바닥이 근질근질해진다. 어디선가 뿌리가 돋아 나와 나도 한 그루 자작나무가 되는 건 아닐까. 실없는 상상에 피식 웃음이 터져 나온다.

자작나무의 하얀색 수피에는 기름기가 있어 잘 썩지 않아서 오래전부터 글이나 그림을 자작나무 껍질에 새겼다고 한다. 그렇다면 우리 부부가 살아왔던 옛날을 반추하는 이 순간도 저 자작의 몸피 속에 아로새길 수 있음이리라. 서로의 기억 속에 아로새겨진 추억을 되살려 다시 길을 찾아 떠나왔듯이, 또다시 서로를 향해 또 다른 모서리를 세우게 되는 날, 오늘의 순정했던 순간이 새겨진 목리를 눈앞으로 불쑥 들이밀어주기를 기대해도 좋겠다.

성큼성큼 자작의 숲길을 헤치고 앞서가는 남편의 등에 땀으로 무늬가 그려진다. 세상이라는 거친 숲에서 무던히도 헛손질을 했던 그였다. 어쩌면 그때 그의 등도 저렇듯 땀으로 축축해져 있었는지도 모른다. 그런들 눈앞의 현실이 따가워 앞도 뒤도 살필 여유가 없던 시절이 있었다. 가장이라는 이름으로도 우리를 지켜주지 못했던 그를 원망하느라 굳이 외면으로 일관했는지도 모른다.

남편은 일의 앞면만 보고 뒷면은 살피지 않은 채 사업을 벌여 자주 허방을 디뎠다. 잦은 실패의 여파는 고스란히 가족들 몫으로 돌아왔고 시간이 흐를수록 살림은 팍팍해졌다. 아내의 눈빛에서라도 위안을 느끼고 답답한 마음을 풀어놓을 수 있으면 좋았으련만 나는 그에게 고운 시선을 보내지 못했다. 상처가 상처를 들추는 시간이 이어지고 먼 밤하늘을 응시하는 뒷모습마저 유약해 보여 고개를 돌려버렸지 싶다.

남편의 앙상한 팔이 나뭇가지를 헤치며 길을 터준다. 그가 만들어주었던 길이 더러는 물웅덩이거나 너덜겅이었지만, 가족을 위해 편한 길을 내어주는 것이 가장으로서의 자존심이었음을 모르지 않는다. 일이 뜻대로 풀리지 않았을 뿐 그의 첫 마음은 한결같았음을 안다. 오늘, 또 선뜻 앞장서서 걸으며 발아래 걸리는 잡풀을 걷어내어 길을 터준다.

겨울에도 자작나무는 자란다. 매서운 바람이 휘돌아 생채기를 낼 때 가로 무늬 수피로 겹겹이 몸을 감싸며 안으로 여문다. 두툼한 부름켜에 겨울을 쟁여 넣고 더 깊이 뿌리내리며 봄을 약속했을 것이다. 그래서 겨울에 자작은 더 빛나는 나무다.

남편도 그랬다. 연이은 부도를 맞고도 주저앉지 않았다. 그런 남편을 볼 때마다 상처가 클수록 더 깊숙이 숨 고르기를 하고, 더 높이 우뚝 서는 설원의 자작나무 같은 사람이라는 생각이 들었다. 한겨울 강파른 들판에 뿌리내리는 자작나무 같은 삶을 택한 그에게 내내 원망의 눈빛을 쏘다가도 문득 연민으로 바라볼 수밖에 없었던 것은 나에게 섭섭한 마음조차 없다는 듯, 실패의 기억조차 없다는 듯, 웃는 모습 뒤로 그만의 아픔이 먼저 읽히곤 해서였다.

무수한 말의 화살을 날리기는 했지만, 그러는 나도 아팠다고 이제라도 고백을 할까. 남편에게 미안한 마음으로 잠 못 들었던 시간들, 남편의 옆에서 한 발짝 비켜서며 애써 눈을 감고 귀를 막으려 했던 지난 이야기들이 내 안에서 강물 같은 회한으로 굽이친다.

숲이 수런댄다. 뒷이야기가 앞의 이야기를 밀어올리고, 오늘이 어제를 밀어올려 나무도 굳건하게 일어서는 것이리라. 한 순간 한 순간, 고단하게 적어내린 나무의 역사가 모여 울울창창한 숲이 되는 이치를 이제야 깨닫는다.

세상에 허투루 지나가는 시간이 어디 있으랴. 비록 무수한 생채기로 고통의 시간을 헤매기도 했지만, 그 순간들이 지금 내 삶의 든든한 뒷배가 되어 있음을 모르지 않는다. 그가 만든 큰 숲의 그늘에서 목청껏 노래하는 우리 가족의 지금은 자작나무처럼 삶의 겨울을 두려워하지 않았던 남편의 뚝심이 있어 가능했다는 것을 다시 확인하는 순간이다.

잘 따라오고 있는지, 남편은 무시로 뒤를 돌아본다. 저만치 나무들의 행렬에 서 있는 빛나는 자작나무 한 그루다. 땀을 닦느라 이마를 찡그리니 주름이 옴팡지게 그려진다. 남편은 그의 역사를 이마에 일필휘지한 걸까. 굵은 흘림체로 된 또 한 권의 책이다.

나지막이 그의 이름을 부르니 걸음을 멈추고 활짝 웃으며 뒤를 돌아본다. 나도 환한 미소로 화답하며 손을 흔든다. 나무와 나무 사이 갈피를 넘기며 그에게로 가는 발걸음이 가볍다. 결국, 나무 한 그루의 가치를 아는 자만이 숲을 다스린다고 조근조근 일러주는 것 같다.

4부

그녀의 방

봄, 이부탐춘을 다시 읽다

　완연한 봄이다. 봄은 우리 집에도 들었는지 나도 모르게 거실에 걸린 풍속도에 자꾸만 눈길이 머문다. 혜원 신윤복의 이부탐춘이다. 혜원의 그림 중에서 봄기운에 만물이 동하는 자태를 세밀히 그려내어 대중들에게 사랑받는 작품으로는 이부탐춘만 한 게 없을 것이다.

　그림 속의 배경은 지체 높은 양반가의 뜨락인 듯하다. 봄은 담장을 넘어 마당으로 끈질기게 뻗어 오는 나뭇가지와 개와 새들의 짝짓기를 통해 두 여인을 희롱하고 있다. 뜨락에서 동물들이 짝짓기하는 장면을 보고 야릇한 미소를 짓는 여인의 달뜬 모습을 통해서 무르익은 봄은 화폭에 펼쳐져 있다.

혜원은 가지가 부러진 노송에 걸터앉은 다리의 품새로 춘정에 잠긴 여인의 감정을 표현했다. 소복을 입은 여인의 농염한 웃음과 자태로, 머리를 길게 땋아 내려 미혼으로 짐작되는 그녀의 동생인 듯, 여인의 수줍은 미소를 타고 봄은 는실난실 그림 속으로 흐른다.

그 풍속도 아래 어항이 놓여 있다. 바람 한 점 일지 않는 어항 속, 구피의 경쾌한 몸짓이 만들어내는 물살에 잔잔한 물결이 일다가 보글거리며 구르고 굽이친다. 조그만 어항 속에 기포 알갱이들이 즐겁다. 봄은 봄인가 보다. 소리마저 발랄하다.

아침 일찍 따사로운 봄볕에 꾸덕꾸덕했던 마음도 풀고 몸도 말리고자 창문을 활짝 열어놓고 베란다에 어항을 내어놓았다. 창을 타고 넘는 봄바람에 춘심이 동하는 듯하다. 아침부터 고양이가 물끄러미 어항을 들여다보더니 창밖으로 시선을 던졌다가 다시 어항을 쳐다보며 내내 베란다를 떠나지 못하고 서성인다.

얼마 전에 구피를 선물 받았다. 구피는 갓난아기의 새끼손가락보다 작은 물고기다. 빨강, 노랑, 파랑, 검정 여러 빛깔의 무늬가 화려하다. 구피는 밥 잘 주고 물만 잘 갈아줘도 잘 자라서 키우기가 쉬운 인기 있는 애완용 물고기다. 번식

력도 놀라울 정도이다. 활동력이 좋아서 어항이 좁거나 물을 많이 넣어주면 튀어 오르기도 한다.

어항을 꾸밀 때 횟집에서 얻어 온 소라껍데기를 넣고 물배추도 넣어주었다. 처음에는 두 마리였다. 암수 한 쌍이었는데 금세 새끼를 낳고 또 낳고 식구가 불어나기 시작했다. 얼마 지나지 않아 어항이 꽉 찰 정도였다.

새끼 낳는 순간을 놓치지 않으려고 시시때때로 관찰하는데도 번번이 그 순간을 놓치다가 겨우 한 번 제대로 보았다. 배 밑으로 새끼가 나올 때는 새 생명이 탄생하는 신비로운 광경에 눈물이 날 지경이었다. 해산한 구피를 어항 밖으로 꺼내어 안아주고 미역국도 끓여주고 싶을 만큼 대견했다.

보통 새끼를 낳을 때 한 번에 스무 마리에서 서른 마리를 낳는다. 치어들이 자라서 어른이 되고 또 새끼를 낳고 자라니 점점 식구가 불어나게 되어 어항이 비좁았다. 그래서 새 집을 선물하자 싶어 마음먹고 질그릇으로 된 큰 어항을 사왔다.

평수 너른 집에 세간을 들이자 하고 물목을 적어놓으니 한두 가지가 아니었다. 시냇가에서 가져온 크고 작은 돌들로 산과 집을 만들었다. 행운목 두 그루를 사서 돌 위에 얹으니 파라다이스가 따로 없다. 신혼여행을 위한 티켓을 애써 끊을 필요도 없이 사랑을 나누기에 안성맞춤이다. 부레옥잠도 넣고 물동전도 사서 넣었다. 무드를 잡는 데는 조명만큼이나 중요한 물목이다.

잔뿌리가 하늘거리는 부초도 넣었다. 구피들이 몸을 숨기고 사랑도 나눌 수 있는 은밀한 방도 만들었다. 치렁치렁 늘어진 부초의 잔뿌리만큼 사랑에 빠진 자들의 마음을 흔드는 것이 또 있을까. 자갈도 한 줌 넣어서 치어들이 태어나면 놀 수 있는 공간도 만들어주었다.

작은 어항이 아기자기한 맛이 느껴지는 사량도라면 큰 어항은 그보다 웅장하고 스케일이 큰 하와이 섬을 연상케 한다. 반쯤 채운 물 위로 포근하고 나른한 봄이 찰랑거린다. 봄을 탐하기에 더없는 장소가 되었다. 고양이와 나는 그림 속의 봄의 뜨락과 어항 속의 풍경을 보며 봄에 취한 듯 졸음에 겨워하며 볕을 즐기고 있다.

정오가 되니 봄기운이 충만한 탓일까. 갑자기 빨간 수컷 구피의 몸짓이 현란해진다. 암컷들 주위를 무심한 듯 살랑살랑 꼬리치며 유영하다가 획 돌더니 물 위로 튀어 오르다 다시 잠수한다. 그러기를 몇 번 더 하더니 기어이 부레옥잠 뿌리로 쏘옥 들어간다. 암컷 구피들이 떼 지어 그곳으로 오르르 몰려간다.

수컷의 꼬리는 제 몸통보다 크다. 깃털 같은 꼬리와 지느러미가 사치스러울 만치 화려하다. 저 현란한 꼬리로 교태를 부리면 넘어가지 않을 암컷 구피가 몇 있을까. 어항 속을 가만히 들여다보다 나조차도 어항의 담장을 넘어가는 상상을 한다. 물속으로 풍덩 뛰어들고 싶어진다.

햇살이 한가롭게 어항 주위를 맴돌고 구피들의 짝짓기가 한창인 듯 물 구르는 소리가 요란하다. 구르는 물에서 구피가 일으키는 파문은 끊임없이 일고 있다. 가만히 지켜보던 내 마음에도 물결이 이는 듯하다. 베란다를 타고 흐르는 봄기운에 미소가 절로 인다.

고양이도 창가에서 후다닥 내려와 물 위로 손을 집어넣어 봄을 잡으려다 그 광경을 보고 손을 내려놓고 물끄러미 바라본다. 고양이의 눈꼬리가 치켜 올라가는 저 미소가 예사롭지 않다. 나른한 오후, 혜원의 풍속도를 은근히 감상하듯이 봄을 즐기는 눈이 있었으니.

눈이 마주쳤다. 고양이는 웃는 듯 고개를 돌린다. 고양이도 무얼 알긴 아는 걸까. 이 순간만큼은 방해해서는 안 된다는 것을 저도 아는 모양이다. 봄, 한가로운 아파트 거실에서 혜원의 이부탐춘을 다시 읽는다.

아도니스 축제

　내 이름은 단비라고 해. 이 집 둘째 딸이야. 가뭄에 단비 만난 듯하다고 그녀가 붙여준 이름이지.

　요즘 그녀는 작은 화분을 사서 나르곤 해. 집안에 정원을 꾸민다며 아주 신이 났지. 화분을 놓아두고 꽃 이름을 부르며 꽃말도 가르쳐주곤 해.

　"아젤리아는 사랑의 기쁨이고 홍페페는 행운과 함께한 사랑이야. 꽃말 좋지?"

　꽃말이 좋은 것은 그녀 방에 두고, 의미가 좋은 나무는 아이들 방에 두었어. 얼마 전에 정원에서 제일 좋은 자리에 자리 잡은 행복나무 화분 위에 모기가 있기에 잡으려고 올라 갔어. 그녀가 아끼는 나무야. 모기가 나를 조롱하듯 하며 달아나는 거야. 살금살금 기어 올라가서 쫓다가 어린 나뭇가지를 부러뜨리고 말았어.

얼마나 맞았는지. 미안한 마음이 없지 않아서 부러진 가지로 때리기에 몇 대 맞아줬지. 그러다 아파서 살짝 피했더니 약이 바짝 올라서 그게 얼마짜리인지 아느냐며 성난 황소마냥 씩씩대며 쫓아왔어. 침대 밑에 숨었더니 손이 잘 닿지도 않는 침대 구석으로 부러진 가지를 집어넣고 휘휘 내저으며 때리더라고. 꽃으로도 때리지 말라고 했는데 잠시 이성을 잃었나 봐.

내가 처음 이 집으로 오던 날, 그녀의 딸이 나를 안고 들어가자 털이 날려 건강에 안 좋으니 당장 밖에 버리라며 펄쩍 뛰더라고. 비 내리는 날 버리면 길냥이 돼서 죽는다며 딸이 하소연하자 눈빛이 흔들리며 나를 보더라고. 나는 얼른 불쌍한 척하느라 몸을 한 번 떨어줬지. 비를 맞아서 가만있어도 불쌍해 보였을 테지만 말이야.

"예쁘긴 하네."

마음이 약한가 봐. 그러면서 조건을 내걸더라고. 청소, 사료, 털, 잠자리까지 소홀히 하면 나를 길가에 내다버리겠다나. 제 방 정리도 제대로 못 하는 그녀의 딸이 며칠도 못 가서 어길 수밖에 없는 항목들이야. 며칠 데리고 있다가 남 주겠다는 심산이었던 거지. 암튼 처음부터 그녀가 마음에 들지 않았어.

하지만 그런대로 잘 지냈어. 물론 나 때문에 피부가 약한 그녀가 가렵다며 짜증을 낼 때도 있었어. 갱년기 초기라서 면역력이 약해져서 그렇다고 의사가 말해주고 난 후에야 누명은 벗었지만 말이야. 사실 털 알레르기 반응이 약하게 나왔었지만 크게 문제 될 정도는 아니라는 거지.

내가 발정기를 겪느라 밤에 울 때는 신경질이 극에 달했지만 중성화 수술을 하고 붕대를 친친 감고 있을 때는 아주 친절했어. 아침에 눈을 뜨자마자 참치에 항생제 가루를 비벼서 내 방으로 갖고 오더군. 정성을 다하는 모습이 보이긴 했어. 진심이 느껴져서 조금씩 마음의 문을 열었어. 사람이나 짐승이나 역시 아플 때 잘 해야 해.

우리가 급속히 친해진 것은 그녀의 아들과 딸이 대학교에 진학하면서 기숙사로 떠나게 된 후부터야. 예전에는 하루 종일 일에만 빠져 살다가 집에 와도 나한테 눈길 줄 틈도 없이 곯아떨어지던 그녀였어. 그랬던 그녀가 지금은 내 뒤만 졸졸 따라다녀. 나는 귀찮은 척 무심한 척 도도하게 굴었지만 은근 좋았어.

"단비, 단비, 엄마 단비"

내 이름을 부르며 자기가 엄마라네. 아이들을 부르듯이 불러. 그녀의 딸은 그렇게 부르는 걸 아주 좋아하긴 하더라고.

"딸, 딸, 엄마 딸"

기가 막혔지만 내가 이해하기로 했어. 알레르기도 무섭지 않은지 나를 껴안고 뽀뽀를 해서 알록달록한 어릿광대로 만들어놓고 예쁘다며 깔깔대더라고. 냥의 체면이 말이 아니었지만 그녀가 행복해 보여서 가만히 있었어.

요즘 그녀는 유난을 떨며 나한테 신경을 써. 정원을 꾸민다며 밤새 인터넷 검색을 하더니 귀리를 사 왔어. 사과상자만한 빈 화분에 씨를 뿌리더라고. 매일 매일 정성 들여 물을 듬뿍 주며 어서 자라라고 했어. 싹이 나기 전에는 바람 잘 통하는 그늘에 두고 싹이 난 후에는 볕이 잘 드는 곳에 두어 충분히 물을 줘야 된대.

며칠이 지나자, 귀리가 났어. 뾰족한 싹이 올라오더니 어느새 자라서 일렁이는 거야. 보리밭이 춤추는 것처럼 그녀의 거실이 초록으로 넘실대더라고. 그녀는 꼭 갖고 싶었던 아도니스의 정원을 갖게 되었다며 좋아했어. 아도니스의 정원에는 양상추 씨앗을 뿌려야 하는데 그녀가 제대로 모르는 것 같았어. 저 근거 없는 자신감은 어디서 나오는 건지 싶더라고.

휴일이면 그녀는 요즘 심취해서 듣는 호바네스 아도니스
의 정원을 크게 틀어놓고 나무들에 물을 주지. 나도 기분이
좋아. 무료한 봄날, 잘 손질된 꽃과 나무들을 보는 건 즐거
운 일이야. 음악에 맞춰 춤을 추며 발장난을 걸다가 귀리를
뜯으며 그녀를 슬쩍 돌아다보지. 고양이 풀 뜯어먹는 거 신
기하다며 박장대소야.

혼자 남겨진 그녀에게 빈 둥지 증후군이 왔나 봐. 매일 매
일 작은 화분을 사서 나르더니 나 혼자 집에 있기 외로울 거
라고 열대어 구피도 사 왔네. 실은 그녀가 외로워 보였어. 늘
챙겨줘야 했던 아이들이 없으니 헛헛한가 봐. 그녀가 사 온
화분이 베란다와 방안에 넘쳐나는데 귀리까지 놓으니 집안
이 온통 나무와 꽃들이야.

아도니스는 해마다 죽었다가 부활하는 자연의 순환을 나
타내는 초목의 정령이야. 그리스 로마 신화에 나오는 남녀
들 중에 제일 잘생겼지. 미소년이라 모두 그를 좋아해. 그가
부활하기를 바라는 여인들이 7월이면 옥상 화분에 양상추를
심는대. 양상추가 빨리 자라고 시들어야 아도니스가 살아난
다고 믿는 거래.

양상추가 시들 무렵, 도시의 밤은 여인들의 밤이 되는 거
야. 그의 부활을 기다리며 옥상에서 그녀들만의 시간을 보

내는 거지. 일 년에 한번 꿈꾸던 축제의 시간을 보내는 거지. 지붕에서 지붕으로 뛰어다니며 맘껏 즐길 동안 남자들은 집 밖으로 나오면 안 된다네.

요즘 그녀는 일 마치고 돌아오자마자 씻고 책상 앞에 앉더라고. 그녀의 오랜 꿈이라지. 그동안 아이들 키우느라 바쁘게 살다 보니 그녀도 잊고 있었을 테고. 그러다 아이들이 각기 저들의 삶터로 갔을 때 그녀의 꿈을 기억해 냈을걸. 매년 살아나오는 초목의 정령처럼 그녀가 생각하는 소중한 것들이 해마다 거듭나서 영원히 함께하는 것을 소원하고 있는지도 모를 일이지.

오늘도 나는 아도니스의 정원에서 그녀와 단둘이야. 그녀가 좋아하는 아도니스의 정원이라는 곡이 플루트의 선율을 타고 집안 가득 흐르고 있어. 연분홍 꽃잎을 터트리며 웃고 있는 아젤리아, 줄기를 뻗으며 어깨춤을 덩실덩실 추는 아이비, 히아신스도 보랏빛 향기를 내뿜으며 그녀를 응원하고 있어.

축제의 시간, 나는 꽃향기 은은한 나무 사이를 지나 사뿐사뿐 그녀에게 걸어가고 있어. 책상에 앉아 책을 펼쳐 든 그녀의 손을 툭 건드리자 그녀는 환하게 웃고 있지.

'헛것'과 보낸 하룻밤*

오사카의 한 호텔에서 그와 함께 머물렀다. 지난봄부터 그는 언제 어디서든 나와 동행해온 터였다. 그와 나의 인연을 필연이라는 말로 표현해도 좋겠다.

여행을 앞두고 한참을 망설였다. 늦은 나이에 공부를 시작하고 보니 의지와 달리 몰입하기가 쉽지 않았다. 매 학기 새로운 과목을 소화하는 일도, 과제를 해내는 일도 버거웠기 때문이다. 매주 쏟아지는 과제와 졸업 논문 준비로 읽어야 할 책이 산더미처럼 쌓여갔다.

또 부산문화재단에서 수필집 발간을 위한 창작지원금을 받아놓은 상태였다. 덜컥 받긴 했지만 완벽하게 다듬지 않은 글들이 목을 죄어왔다. 대학원에 진학한 후, 일 년 동안은 소설을 쓰고 읽는 재미에 빠져 수필을 쓰지 못했다. 출간 준비랍시고 이런저런 생각들을 휘갈겨만 놓았지 정리하고 다듬을 새도 없이 보낸 시간이었다.

모임의 허드렛일을 도맡아야 하는 막내인 터라 핑계를 대고 빠질 수도 없는 노릇이었다. 여행비를 송금해놓고도 취소할 명분을 찾아 머리를 쥐어짰지만 별다른 핑곗거리를 찾지 못했다. 설령, 다른 이에게 뒷일을 부탁해도 돌아오면 모두 내 손을 거쳐 보고를 해야 할 일이었다. 차라리 참석해서 직접 모든 것을 기록해두는 편이 남은 일을 간소화하는 방법이긴 했다. 어쩌면 여행을 가 있는 동안에는 글에 몰입할 수 있을지도 몰랐다. 흩어진 생각들을 정리할 시간이 될지도 모른다고 생각했다.

인원은 모두 스무 명이었다. 2인 1실 방을 배정하고 모든 준비를 끝낸 후였다. 갑자기 한 명이 취소하는 일이 생겼다. 같이 못 가는 일은 안타까웠지만 부탁을 해서 내가 1인실을 쓰게 되었다. 밀린 과제를 하거나 읽을거리를 챙겨 떠나기로 했다.

그동안 바탕화면에 깔아놓고 마무리 못한 글과 읽다가 제쳐 둔 책, 제출해야 할 과제 등을 챙겼다. 2박 3일 동안, 체증되어 있던 일거리를 소화시키고 올 거란 생각에 마음이 한결 가벼워졌다. 나와 함께 비행기를 타고 오사카로 날아가 긴 밤을 지새울 책을 골랐다. 책장에는 구입해두고 주인의 손길이 스치지 않은 책들도 있었고 잠깐씩 눈으로만 훑어보던 책들도 있었다.

그중에서 김소진 소설가의 『그리운 동방』이라는 산문집을 골라 들었다. 여행지에서 가볍게 읽기에 좋을 것 같았다. 소설과 다르게 산문은 작가의 삶을 비교적 사실에 가깝게 향유할 수 있는 탓에 소설보다 더 직접적으로 작가에 대해서 알게 해준다.

그와의 인연은 논문을 준비하며 시작되었다. 나의 논문 주제가 수필에서 소설로 장르 이행에 따른 양상에 관한 연구인데 작가들의 작품을 검색하다가 그의 작품에 매료되었다. 그런 연유로 그의 산문과 소설은 나의 논문의 텍스트가 되었다. 그의 전집은 늘 가방에 넣어 다니며 시간 날 때마다 읽는 책들이기도 했다.

사실 그와의 인연은 논문 이전에 함정임 소설가를 만나며 시작된 셈이다. 삼십 대에 요절한 김소진 소설가는 지도교수인 함 소설가의 남편이었다. 내가 수필을 쓰다가 소설을 공부하게 된 계기도 함 소설가의 강의를 듣고부터였으니 예사 인연은 아닌 셈이다. 작가에 대해 자료를 수집하고 작품을 읽을수록 인연은 더욱 각별하게 느껴졌다.

그는 서울대학교 영문학과를 졸업하고 한겨레신문사에서 기자로 활동했다. 소설, 「쥐잡기」로 신춘문예에 당선된 후, 본격적으로 소설을 쓰기 시작했다. 그는 아버지의 이야기를 쓰고 싶어 했다. 이북에 처자를 두고 온 무능한 아버지의 모습을 작품 곳곳에 녹여냈다. 그 시대 서민의 생활상을 가벼우면서 익살스럽게 풍자했다. 우리말 사전을 외울 만큼 그의 작품 곳곳에는 옛말이 녹아 있어 읽는 즐거움을 더한다. 그의 초창기 글은 아버지를 매개로 한 성장기 소설이 주를 이루었다. 시간이 흘러 사회에 대한 통렬한 비판의식이 담긴 소설을 쓸 무렵 안타깝게도 생을 마감했다.

내가 수필을 쓰며, 소설을 공부하게 된 이유도 시대적인 상황과 맞물려 뜻을 제대로 펼치지 못한 우리들의 아버지와 어머니의 이야기를 쓰고 싶었기 때문이다. 그런 면에서 그의 작품은 내가 쓰고자 하는 작품과 맥이 닿아 있었다. 그것이 그를 논문의 텍스트로 정한 이유였다. 그런 연유로 자연스레 그는 나의 일상 속에서 살아 숨 쉬어야 했고 나는 그를 누구보다 잘 알아야 했다. 그래서 나는 이 모든 것을 필연이라고 말한다.

글을 읽다 보면 작가에 대한 상상을 하며 그에 대한 집을 짓고 있는 나를 발견하곤 한다. 또 오랜 지기인 듯 소통하기도 하고 연민의 감정에 빠져들기도 한다. 그가 남긴 발자취를 따라가며 더 깊이 알아가기도 한다. 오래된 신문기사와 잡지 속에 기록된 그의 발자취를 따라 걸으며 그가 다 하지 못한 이야기들이 가슴을 아리게 했다. 2017년 『문학동네』 여름 호에 20주기를 맞아 그를 추모하는 글이 특집으로 실리기도 했다.

여행지에 도착한 후, 낮 동안의 일정을 마치고 비 내리는 고베 항에서 커피를 마셨다. 온천욕으로 피로를 풀고 현지식 식사로 여행지에서의 감흥을 즐겼다. ibis styles osaka, 918호, 두 평 채 되지 않아 보이는 호텔방에서 잠을 청하려고 누웠으나 쉬이 잠들지 못했다. 꿈을 꾼 듯, 눈을 떠 보니 새벽 한 시였다.

커피포트에 물을 올려 진한 차 한 잔을 우려놓고 나는 그를 불러들였다. 재능 있고 사랑스럽고 순수했던 청년, 김소진을 말이다. 그의 책을 읽다가 영감이 떠올라 글을 쓰고, 글을 쓰다 또 책을 읽으며, 그와 긴 밤을 보냈다. 그의 마지막 여인이었을 함 교수께 미리 양해를 구했던 터라 나는 아무런 죄의식을 갖지 않았으며 스승으로, 글을 쓰는 글동무로 서로 통한 하룻밤이었다.

함 교수는 수업시간에 '소설가는 영매(靈媒)와도 같다'고 말했다. 나는 아직 그 말뜻을 십분 이해하지 못한다. 아마도 채 풀어놓지 못한 누군가의 인생에 혼(魂)을 불어 넣어 소설 속에서 살아 숨 쉬게 하는 것은 아닐까 짐작해본다. 수필에서 소설로 사고의 전환이 잘 이루어지지 않아 애를 먹고 있으니 그 말뜻을 이해하려면 아직 갈 길이 요원한 처지다.

시간과 함께 내가 좀 더 무르익으면, 그가 하려고 했던 말, 그가 미처 하지 못했던 사회에 대해 통렬한 비판의식이 가미된 혼(魂)이 담긴 글을 쓸 수 있을까. 그가 말한, 이데올로기의 반대편에 있다고 하는 '헛것'들의 말하지 못하고, 말할 수 없었던 것들을 말이다.

앞으로 나의 글은 몇 번의 탈바꿈을 하며 성숙해질는지 알 수 없지만 그가 못다 쓴 글을 이어 쓰는 김소진 소설가의 계보를 잇는 작가가 되고 싶다는 것이 솔직한 고백이다. 그가 닿고자 했던 낮은 곳에 있는 이들의 말을 대신 해줄 영매로서의 소설가이기를 꿈꾸며 오사카에서 아침을 맞는다.

---

* 이 제목은 김소진의 대담 글에서 빌려 온 것임을 밝힌다. 김소진, 「헛것과 보낸 하룻밤」, 『그리운 동방』, 문학동네, 2002.

나비

'태풍이 왔다. 나를 뜨겁게 달구었던 그녀가 내게 남기고 간 것은 무엇인가?'

몇 해 전, 나의 꿈 노트에서 발견한 글이다. 내 인생의 터닝 포인트가 되었던 그 해 나를 열광케 했던 것은 나비였다.

그동안 과로한 탓인지 갑자기 건강이 나빠져서 천직으로 여겼던 국어강사 생활을 접었을 무렵이었다. 지친 몸과 마음을 추스르기 위해 돌파구처럼 찾아낸 것이 등산이었고 마치 산에 홀린 듯 산을 찾았다. 산을 오르며 넘어지고 다시 일어나 세상으로 나아가기 위한 전의를 다졌던 시간이었다.

얼마나 지났을까. 한 회사로부터 스카우트 제의가 들어왔다. 한 번도 해보지 않은 영업직이었다. 결정 내리기가 쉽지 않았다. 무엇보다도 내성적이고 사교적이지 못한 성격이 다른 사람을 설득하는 업무에 맞지 않다고 생각했기에 자신이 없었다. 몇 날 동안 해답을 찾기 위해 장비를 챙겨 산에 올랐다. 집 뒤에서 출발해서 승학산을 타고 꽃마을로 내려오는 코스였다.

한 걸음 한 걸음 발에 혼을 실어 걸으며 깊은 사유를 했다. 걷는다는 것은 구도자의 수행법 중의 하나이다. 틱낫한의 걷기명상에 매료되어 있을 때였으니까, 나를 내려놓고 걷는 일이란 분노와 부대낌으로 가득 찼던 마음을 긍정과 편안함으로 채우는 것임을 서서히 느낄 수 있었다.

하루가 다르게 변화하는 나무와 숲의 변화를 관찰하는 일은 경이롭기까지 했다. 혹한을 이겨낸 나뭇가지에 물이 차오르며 짙어지는 색의 변화와 볼록하게 부풀어 싹이 터져 나오고 잎이 자라는 과정을 지켜보는 일은 나를 들뜨게 했다.

'나비'라는 이름의 태풍이 왔다 간 다음 날이었다. 하루가 다르게 변화하는 자연의 경이를 놓치고 싶지 않아서 비 오고 바람 부는 날도 산행을 멈추지 않았기에 그날도 어김없이 집을 나섰다. 이름처럼 순해서 큰 피해 없이 조용히 갔다는 보도와 달리 태풍의 날갯짓이 만들어놓은 상흔은 도처에서 볼 수 있었다.

여기저기 깊은 웅덩이를 만들어놓았고 힘겹게 틔워낸 잎들은 무참한 지경이 되어 바닥에 나뒹굴었다. 꺾인 채 겨우 간당간당 매달려 있는 여린 나뭇가지들. 등산객의 발길에 짓밟히면서도 굳건히 꽃을 피워 올렸던 길가의 들꽃들도 느닷없는 기세에 스러져 누웠다. 회생의 기미도 보이지 않았다.

도랑에 빠져 있거나 바닥에 내팽개쳐진 애벌레들의 주검은 나를 절망케 했다. 입에서 실을 뽑아내어 스스로를 딱딱한 고치 틀 안에 가두고 낯선 환경에 던져 넣어 두려운 번데기로 힘겹게 겨울을 견뎌낸 그들이 나비가 되어보지도 못하고 끝나버린 생이었다. 마치 나의 희망마저 짓밟혀버린 것 같아 한동안 숙연했다.

그들이 밟힐세라 조심스레 걷노라니 이마에 턱 걸리는 것이 있었다. 암갈색 벌레였다. 열 자도 넘는 소나무 가지 끝에 대롱대롱 매달려 있다. 자세히 보니 입을 쩍쩍 벌린다. 몸을 쭉쭉 늘인다. 다시 동그랗게 만다. 뱅글뱅글 돈다. 부는 바람 따라 흔들리며 가는 줄로 고치를 만드는 것이었다. 그 광경을 보고 있으니 나도 모르게 눈물이 핑 돌았다.

수많은 벌레들의 주검과 달리 승리의 깃발을 펄럭이며 부단히 움직이는 저 몸짓을 보라. 언제 끝이 날지 가늠하지 못하는 느닷없는 폭격에 깜깜한 밤을 하얗게 지새우며 풍전등

화의 위기와 맞선 그녀의 사투가 눈물겹지 않은가. 절망에서 스스로를 건져 올리기 위해 고군분투 중인 모습에서 날개를 활짝 펴고 자유롭게 훨훨 날아오르는 나비를 보았다. 시도 조차 해보지 않고 망설이던 나에게 이보다 명쾌한 해답은 없었다.

새로운 직업을 선택했다. '모든 변화는 나로부터 비롯된다.' 이 문장에서 '나'와 '비'를 건져 올렸더니 나비라는 단어가 되었다. 꿈 노트에 '나비 날아오르다'라는 제목으로 성취할 열 가지 항목을 적어놓고 실천에 옮겼다. 우화를 꿈꾸며 스스로를 딱딱한 고치 안에 가둔 애벌레처럼, 낯선 환경 속으로 걸어 들어갔다.

새로운 시스템과 이론을 배우는 일은 생각만큼 힘들지 않았다. 그러나 낯선 사람을 만나고, 그들을 설득하고 호박넝쿨처럼 어울렁 더울렁 교류하며 사는 일은 수학 공식처럼 딱 떨어지는 일이 아니어서 그리 간단치가 않았다.

그동안 우여곡절도 많았다. 예상치 못한 일로 포기하고 싶어질 때마다 나뭇가지에 대롱대롱 매달려서 고치를 만들던 벌레를 생각하고 마음을 다잡았다. 결국 크고 작은 태풍을 이겨내고 나는 그 분야에서 당당한 날갯짓을 하기에 이르렀다. 그리고 열 가지 꿈의 항목 속에 있는 것들도 성취하였다.

여러 단계를 거쳐 애벌레가 나비가 될 확률은 3%밖에 되지 않는다고 한다. 사람도 이와 마찬가지일 것이다, 그리고 그 3%는 구체적인 꿈을 가진 자의 몫이 아닐까 싶다. 모든 것을 잃고 꿈밖에 남은 것이 없었던 그때 꿈 하나를 위해 전부를 걸었기에 가능한 일이었을 것이다.

벌써 직업을 바꾼 지 십 년이 지났다. 십 년이면 강산도 변한다 하지 않았던가. 이제는 그들과 같이 울고 웃으며 찬란히 꽃을 피워낸 시간들이 무엇과도 바꿀 수 없는 소중한 자산이 되었다. 그들과 함께 꿈을 꾸고 그들과 함께 발맞추어 걷다 보면 또다시 힘든 일이 생긴다 해도 그리 두려울 것 같지 않다.

나를 열광케 했던 그녀가 다시 내 안에서 꿈틀댄다. 나는 이제, 문학이라는 또 다른 꿈을 찾는 나비가 되어 날아오르려고 한다. 국어강사 생활을 하며 짬짬이 써놓았던 습작 노트를 다시 꺼내어본다. 오래 전 접어두었던 나의 꿈의 조각들이 반짝인다. 새로운 도전 앞에 다시 한 번 상처 많은 번데기가 되어볼 작정이다.

끝을 짐작할 수 없는 긴 여정 앞에서 나는 비상을 꿈꾸며 오늘도 사유의 씨줄과 날줄을 엮어나가고 있다.

미운 우리 새끼

〈미운 우리 새끼〉라는 프로그램을 즐겨 본다. 늦은 나이가
되도록 결혼하지 않은 가수와 개그맨, 작가를 아들로 둔 어
머니들이 자식의 일상을 모니터로 보며 담소를 나누는데 소
소한 일상의 모습을 보고 있으면 절로 웃음이 난다. 부모의
눈으로 자식을 바라보니 어설픈 구석이 좀 눈에 띌까. "아이
구, 쟤는 바보예요.", "아이구, 못 살아.", "쟤가 왜 저럴까." 등
등 지청구가 쏟아진다.

며칠 전에는 오랜 시간 동안 소원하게 지내던 H 형제가 여
행을 떠나는 일상이 방송되었다. 사연인즉, 작가인 형이 쓴
글을 읽고, 자신의 일을 쓴 것 아니냐며 동생이 대들었다고
한다. 그 일로 둘은 몇 년 동안 인연을 끊고 살았다고 한다.

여행지에서 형제가 화해하는 모습에 그의 어머니가 눈물을 흘렸다.

간혹, 작가들 중에 무의식적으로 가족의 이야기를 쓴 후에 가족과 오해가 생겨서 다툼이 생기거나 소원하게 지내게 되는 경우도 있다고 한다. 그래서 작가들은 가족의 이야기를 쓸 때에 오래 고민하게 된다고 한다. 별일 아닌 일이 어느 형제에게는 들추고 싶지 않은 가정사일 수도 있고, 또 같은 일을 두고 전혀 다르게 받아들이는 경우가 많기 때문이라고 한다. 아마도 나이에 따라 어떤 사실에 대한 이해의 폭이 다르기 때문이 아닐까, 라고 짐작해본다.

어느 날 아들과 딸이 나누는 대화를 듣게 되었다. 십 년 넘게 살던 곳에서 상업의 중심지인 서면으로 이사를 한 일을 두고 둘의 기억이 너무 달라서 서로 우기고 있었다. 그때 나는 우리 가족에게 닥친 위기를 극복해보겠다고 운영하던 교습소를 그만두고 보험회사로 직장을 옮겼을 즈음이었다. 1년쯤 지나, SM(sale manager)으로 발탁이 되어 영업조직을 관리했다. 평소보다 한 시간 정도 이른 출근과 사원들을 챙긴 후 늦은 퇴근을 해야 했다.

초등학생이었던 아이들을 살뜰히 챙기지 못한다는 사실이 힘들었지만 그런대로 해나갔다. 일이 바빠지자, 사춘기에 접어든 두 아이를 방치할 수 없어 수시로 손길이 닿을 수 있는 직장 근처로 이사를 결심했다. 며칠 만에 모든 것이 이루어졌다. 그때 나의 결정은 아이들을 우선으로 생각한 최선책이었다.

아이들이 그 시기를 두고 다르게 기억하고 받아들인 모양이다. 딸은 그리 힘들지 않았다고 회상한다. 이미 중3이었던 딸은 다니던 학교에서 전학을 하지 않았기에 그럴 수도 있고, 이해의 폭이 아들보다 큰 나이였기 때문에 엄마의 입장을 두루 살필 수 있었을 것이다.

반면에 중학교 입학을 앞두고 있던 아들은 치명적인 사건으로 기억하고 있다. 친구들과 함께 중학교 생활에 대한 청사진을 그려놓았던 아들에게 그것은 물거품과 같은 일이 되어버렸던 것이다. 아들은 이유 없이 배가 아프다며 늦게 일어나거나 지각을 했다. 남편이 그 시기를 어떻게 기억하고 있는지 물어본 적은 없지만 크게 다르진 않을 것이다. 모두 힘든 시간이었지만 분명한 것은 모두 한마음으로 위기를 헤쳐 나갔던 시간이었다.

그 시간들을 글로 쓰고 싶었다. 가족에게 닥친 위기를 극복하기 위해 애썼던 시간 속에서 피할 수 없었던 상처들, 그리고 치유와 화해, 수필은 그런 계기로 나에게 다가왔다. 수필을 쓰며 상처들이 치유되며 승화되어가는 것을 느낄 수 있었고 점점 빠져들어 이제는 내 생활의 일부가 되었다.

수필은, 자신이 겪었던 일을 진솔하게 드러낼 때 큰 울림을 준다. 하지만 어떤 일은 액면 그대로 드러내기 어렵다. 예를 들자면, 내 몸무게가 백 킬로그램이라면 조금 통통하다는 말로 돌려 표현되기도 한다. 돌려 말하는 동안에 몸무게가 얼마의 수치로 가감이 되는지 그건 순전히 독자의 몫이 된다.

나의 글은, 억지로 이해하고 넘어갔던 상처를 들추어내어 그 상처들과 화해하고, 그런 후 상대방의 입장으로 돌아가 생각하게 한다. 가족이지만 자식의 이야기이거나, 어머니의 일을 쓸 때, 동생이 등장할 때에는 모두 허락을 받았지 싶다. 내 아픔을 치유하기 위해 다른 이를 불편하게 하고 싶지 않았기 때문이다.

그럴 때마다 가족들은 흔쾌히 허락한다. 심지어 글의 효과를 위해서 조금 더 강도를 높여도 된다며 부추기기도 한다. 힘든 시기를 보내고 치유의 방편으로 시작한 글 쓰는 즐거움에 빠져드는 나를 보며 가족들은 행복해 보인다며 응원한다.

허락을 받지 못하고 쓴 사람이 남편과 돌아가신 아버지

다. 초기 수필의 대부분이 남편과의 일이라서 읽어보라며 종이를 내밀지만 남편은 다 아는 얘기라며 잘 읽으려 들지 않는다. 아버지는 이미 고인이 되신 분이라 마음속으로 허락을 구하기도 하지만 아버지의 심정을 짐작하고 상상하며 쓰기에 비교적 자유롭게 쓰는 편이다.

내가 중학교 2학년이었을 때다. 그때나 지금이나 '중2'는 질풍노도의 시기인지 사춘기였던 나의 고집을 꺾기 위해 아버지는 닭을 잡으라고 했다. 거역하지 못하고 동생과 나는 닭을 잡은 적이 있는데 그 일을 수필로 썼다. 가까이 사는 동생에게 산책하자며 공원으로 불러내어 보여줬더니 눈물을 흘리며 웃었다. 언니의 글도 재미있고 아버지도 그립다는 것이다.

눈물을 닦은 동생이 의외의 말을 했다. '언니는 닭을 같이 잡았다고 하는데 나는 전혀 기억이 안 난다.'라고 했다. 그럴 수도 있다. 나는 아버지와 실랑이를 하며 닭을 잡으며 밤을 꼴딱 지새웠으니 잊을 수 없는 일로 각인되었고, 동생은 잠결에 잠깐 나와서 닭 잡는 것을 도왔으니까 그 충격의 정도가 다를 것이다. 이처럼 다른 형제들도 큰 사건은 대개 비슷하게 추억하지만 세세한 부분은 다르게 받아들이고 있다는 것을 느낄 때가 많다.

글을 쓰는 동안, 아버지에 대한 이야기는 빠지지 않을 것 같다. 또 허락을 구하지 못하고 작가의 뜻대로 그려나가겠지만 아버지는 흔쾌히 허락을 하실 거다. 기억이 나지 않는다고 얼버무리고, 참 유별스럽게도 소설을 쓴다고 한소리 하신 후, 속으로 '아이고, 미운 우리 새끼'라며 웃고 계실 것만 같다.

완전한 동화를 꿈꾸며

주말에는 약속을 잘 잡지 않는 편이다. 타지로 유학을 떠난 아이들이 집으로 오기 때문이다. 모든 것을 내려놓고 쉬고 싶기도 하지만 아이들을 챙기며 함께 보내는 시간이 어떤 휴식보다 달콤하기에 주말이 기다려진다.

지난해, 동아대학교 일반대학원 문예창작학과에 입학하여 소설을 공부하고 있다. 어린 대학원생들의 뒤를 동동거리며 따라가다 보니 벌써 3학기 차에 접어든다. 게다가 학사조교까지 하고 있으니 이래저래 아이들만큼이나 바쁜 생활을 하고 있는 셈이다.

이번 학기에는 부민캠퍼스에서 지식나눔교실의 글쓰기 멘토로 일하고 있다. 글쓰기 과제, 자기소개서, 에세이 등을 지도하는 일이 주된 업무다. 더러는 진로에 대한 상담을 요청해 오기도 한다.

그곳에 오는 학생들을 보면 아이들 생각이 나서 각별하게 대하게 된다. 말 한마디라도 더 따뜻하게 건네고 싶고 힘든 일은 없는지 필요한 것은 없는지 세심하게 살펴보게 된다.

석사 과정 3학기를 하는 동안, 그동안 쉬었던 공부를 하며 새로운 것을 배우는 즐거움에 깊이 빠져들었다. 학교 안에서 교수님들의 지도 아래 학우들과 함께 참여하는 수업도 즐거웠고 개인 과제는 스스로 역량을 키울 수 있기에 성취감이 컸다.

학술세미나에 참여하는 일은 견문을 넓힐 수 있는 좋은 기회였다. 새로운 것을 알아가고 또 지향해야 할 학문의 방향을 재설정하게 하기도 했다. 그중에서도 올해 동아대학교 승학캠퍼스 경동홀에서 열린 한국문예창작학회 정기학술세미나는 여러모로 신선했다.

주말이라 아이들과 시간을 보내다가 서둘러 달려간 경동홀에는 전국에서 모인 회원들이 자리를 가득 메우고 있었다. 먼저, P 인문과학대학장님께서 포문을 열었다. 국내는 물론 국제적인 창작역량과 유산을 고찰함으로써 인문학의 뿌리인 문학의 가치와 미래를 생산적으로 이끌 것이라는 기대감으로 차 있었다. 한국문학 창작유산 현장에 대한 생생한 감각과 창의적인 도전의식을 고취함으로써, 창작품을 집필하는 창작유산 생산자와 교육자로 이행할 수 있기를 바란다는 것이 세미나의 중심 취지였다.

사진과 함께 설명을 곁들인 H 한국어문학과 학과장님의 기조발표가 인상적이었다. 창작문화유산은 기록유산과 문화유산을 근간으로 재창조되고 계승, 확장되는 문학예술 영역이라는 것이다. 현대 그리스 문학을 대표하는 작가이자 20세기 문학의 구도자로 불리는 『지중해 기행』의 작가 니코스 카잔차키스의 묘비명이 적힌 사진이 등장했다. 문학 창작의 원형인 신화의 바다, 에게해, 산토리니의 입항 장면은 나의 상상력을 자극했다.

가장 인상 깊었던 것은 한유주 소설가의 「동화와 불가능한 동화」였다. 한유주 소설가는 입학 후 첫 학기에 나에게 소설은 무엇인가라는 명제에 대해 다양한 사유를 이끌어낸 분이기도 했다. 수필 쓰기에 주력했던 나는 읽는 소설에서 쓰는 소설로의 전환이 잘 이루어지지 않아서 고민하고 있을 때였다. 한유주 소설가의 강의는 수필에서 소설로 이행시킨 첫 창작 소설 「동백꽃」을 퇴고하는 데 많은 도움이 되었다.

한유주 소설가는 읽고 듣고 본 언어 밖의 언어를 상상하는 것이 어렵다고 여겼다. 단편 「불가능한 동화」는 이처럼 잃어버린 언어를 되찾아볼 것, 원형이 되는 이야기들을 다시 생각해볼 것이라는 개인적인 목적 하에 쓰였다고 한다.

소설에서 이야기를 삭제하고, 기승전결 구조를 없애고, 때로는 인물을 지우고 목소리만 남겨두고, 사건을 표백하다시피 하면서 소설을 써온 작가가 동화를 다시 쓴다는 것은 애초에 불가능한 일이었는지도 모른다고 했다. 「불가능한 동화」는 소설 안에서 동화 쓰기의 불가능함에 대해서만 썼다고 덧붙였다. 그러나 단편을 발표한 이후에도 메타소설이라는 허울 하에 여러 편의 동화를 얼기설기 엮었을 뿐이라는 생각 때문에 '다시 쓰기' 시작했다고 고백했다. '다시 쓰기'에는 반드시 부수적인 이야기들이 포함되어야 하며, 부수적인 이야기란 원전에서는 다루어지지 않거나, 덜 다루어진 이야기를 의미한다. 이 이야기들을 충분히 하기 위해서는 장편소설의 분량이 확보되어야 했다.

소설가 한유주에게 있어 소설쓰기란 어떤 의미인가, 라는 토론자의 질문에, 가끔 내가 굳이 소설을 쓰게 된 이유가 궁금했고, 법과 같은 언어로 밝히기 힘든 애매한 것들을 소설로 쓸 수 있기 때문일 거라고 잠정적인 결론을 내렸다고 전했다. 독특한 언어 사용체계를 사용하고 있는 형식주의 소설가의 간결한 답변은 이후에도 내겐 큰 울림이 되었다.

세미나를 마치고 바삐 집으로 돌아왔다. 새벽에 준비해둔 재료를 손질해서 아이들의 저녁식사를 챙겼고 청주로 떠나는 아들을 터미널까지 배웅했다. 아들을 보내고 돌아오는 길에 대저생태공원에 들렀다.

해거름에도 유채꽃 축제가 한창이었고 곳곳에는 석양을 배경으로 사진을 찍으며 그들의 지금을 기록하는 이들로 붐비었다. 딸이 카메라를 들이밀며 나와 남편의 봄날을 기록하고, 남편은 또 나와 딸의 이야기를 이어 쓰고 있다. 나는 또 딸과 남편의 역사를 기록한다.

어쩌면 우리는 제각기 다른 프레임 안에 자기만의 방식으로 현재를 기록하고 있는지도 모른다. 잃어버린 언어는 영영 잃어버린 것이지만 그것을 되찾으려는 과정 자체도 어쩌면 의미가 있을지 모른다고 말한 한유주 소설가의 말을 떠올리며 나는 완전한 동화를 꿈꾼다.

돈키호테의 집

지하도가 시작되는 곳에 나의 집이 있다. 지하도가 끝나고 출구로 나가면 나의 일터가 있다. 매일 아침 한 마리 파충류의 뱃속 같은 그곳을 지나며 하루를 여닫는다.

퇴근 후에는, 늦은 밤까지 그날 있었던 일을 정리한다. 노트 정리를 끝내는 것으로 하루 업무는 마감된다. 진정한 나만의 시간은 그 이후부터다. 잠자리에 들 때까지, 오래 품어왔던 꿈을 위해 책을 펼쳐 든다.

꿈이 간절하지 않은 이들은 시험이라는 관문에서 몇 번 쓴 고배를 마시게 되면 그 꿈을 포기하고 일상에 안주한다. 더러 또 다른 목적지를 정해 새로운 시도를 하기도 한다. 하지만 내 오랜 꿈은 여전히 현재진행형이다.

그것은 세르반테스 소설의 주인공, 돈키호테 덕분이라고 말할 수 있다. 돈키호테처럼 내 삶에 꿈이라는 좌표를 찍어두고 고군분투하는 중이기 때문이다. 독자들은 끊임없이 모험을 떠나는 그를 괴짜, 혹은 광기의 노인이라고 하지만 나는 그에게 '꿈을 꾸는 자'라는 거한 칭호를 붙인다.

아침이 되면, 밤새 나를 뒤척이게 만들었던 꿈의 흔적이 주렴처럼 거뭇하게 드리워져 있다. 칙칙한 얼굴을 가리기 위해 눈을 그리고, 입술을 그린다. 똑같이 배당받은 하루의 출발선 앞에서 화장으로 다시 태어난다. 만개한 꽃이 주는 당돌함에 가끔 눈을 감을 때가 있듯이 뽀얗게 덧칠된 얼굴이 당혹스럽기는 하지만 그마저 이미 익숙해진 일이다.

하루의 첫 관문과도 같은 입구 계단에 한 발을 올린다. 귀에 익은 소리가 들리기 시작하면 스타트 라인에 선 마라토너처럼 가벼운 설렘을 느낀다. 정적을 깨고 틈입하는 구두 굽소리, 표를 끊는 기계음, 개찰구를 통과하는 신호음 등 지하도를 깨우는 것은 빛이 아닌 소리다.

이른 시간의 지하도에는 적지 않은 사람들이 부산하게 이동하고 있다. 가로와 세로, 좌표를 찾아 목표점을 향한 행렬이 이어진다. 대부분 숙면에 들지 못한 초췌함이 묻어나는 얼굴들이나 눈빛은 나와 닮아 있다. 그들은 빛과 소리의 아우성이 가득한 세상으로 나아가기 위해 전의를 다진다.

　나는 그들을 돈키호테라 부른다. 비록 단 한 번도 눈 맞추고 다정한 인사를 주고받아 본 적은 없지만 그들의 간절한 꿈을 읽는다. 그 꿈들이 현실화되는 상상을 한다. 남들보다 이른 시간에 하루를 연다는 것은 그들의 꿈이 곧 이루어진다는 반증이기도 하기에 나지막이 주문을 걸어준다.

　조금 걷다 보면 인력시장에 나가기 위해 접선하는 한 무리의 사내들을 만난다. 채 풀리지 않은 근육을 추스르며 엉거주춤 서 있는 모습이 삐걱거리는 나무인형 같다. 그들은 이내 회복하고 신발 끈을 꽉 조여 맬 것이다. 무심하게 지나치는 듯하지만, 나는 그들에게 소리 없는 파이팅을 외친다.

　학원가로 나가는 출구의 벤치에는 청년들이 앉아 있다. 겉모습만으로 전부를 읽기는 어려우나 청년들의 반짝이는 눈빛을 마주할 때면 덩달아 힘이 솟는다. 그들이 그리는, 빛나는 꿈의 조각이 지하도를 가득 채우고 있는 듯해서 눈이 부시다. 분명한 청춘들의 꿈은 감추고 있거나, 구태여 말하지 않아도 고스란히 전해진다. 나도 모르게 움츠러들어 작아지려는 내 안의 꿈을 꼭 실현하라고 그들은 내게 말하는 것 같다.

　지하도의 반을 지나면 중앙 분수대가 나온다. 지하철이 특정 연령층에 무임승차가 허용된 후로 더 붐비는 곳이다. 돈 키호테 데 라만차로 이름을 바꾼 주인공 이달고가 편력 기사로서 세상에 정의를 내리기 위해 길을 떠났던 곳이 여기쯤이 아닐까 싶다. 불의를 타파하며 약한 자들을 돕는다는 원대한 꿈의 진원지랄까.

삶은 때때로 얼마나 잔인하게 우리를 짓이기는지 모른다. 탄탄하던 회사가 하루아침에 문을 닫고, 거리로 내몰린 가장은 갈 곳을 잃기도 한다. 세상이라는 무지막지한 힘에 제대로 한번 부딪쳐보지도 못하고 백기를 들어버린 자들이 벤치를 지키고 있는 모습도 드물지 않다. 수직을 꿈꾸며 높이 솟아오르다 포물선을 그리며 맥없이 떨어지는 물방울처럼 끝모르고 내달리다 돌아와 앉을 수밖에 없었던 꿈도 거기에 있다.

난관은 우리의 삶 속에서 웅크리고 있다가 수시로 모양을 달리하며 제일 허약할 때 튀어나와 급소를 공격한다. 이에 꿋꿋이 맞서온 돈키호테, 오로지 이상을 추구하며 실패에 대한 인식조차 없는 우리들의 또 다른 이름이다. 때론, 현실 앞에서 나약한 모습을 보이기도 하지만, 이 즈음을 지날 때면 그들에게서 새로운 용기를 얻고 또 세상에 나갈 수 있는 힘을 얻는다.

분수대를 지나면, 옷, 신발, 화장품 등을 파는 상가들이 줄지어 있다. 삶의 초입에서 행장을 꾸려 세상 밖으로 나갈 준비가 된 자들이 출구를 찾아 바지런히 걸음을 옮긴다. 잠시 행장을 내려놓고 쉬기도 하나, 빠르게 돌아가는 현실이라는 풍차에 맞서 지치지 않고 끊임없이 추구해야만 하는 이상이 반영된 곳이다.

이곳에서 "장차 이룩할 수 있는 세상을 상상하는 내가 미친 거요, 세상을 있는 그대로만 보는 사람이 미친 거요"라고 부르짖던 돈키호테 소설의 한 구절을 읊조린다. 꿈을 이루기 위해 매번 모험과 정면 승부수를 던지나 승리는 단 몇 차례일 뿐.

지하도를 지날 때마다 나지막한 내 안의 외침을 듣는다. '비록 꿈이 실현되지 않을지라도 단 한 번만이라도 진정한 자기 자신으로 살아가야 하지 않겠는가. 어떤 어려운 상황이 다가와서 막다른 골목까지 내몰리더라도 포기하지 않아야 한다. 그것이 내가 마지막까지 누릴 수 있는 선택의 자유다.'

끊임없이 나에게 용기를 주고 나를 일으켜 세워 도전하게 하는 지하도의 끄트머리다. 잠시 후, 나는 일터에 도착할 것이고 숱한 좌절과 기쁨을 맛보기도 할 것이다. 다시 또 어깨를 늘어뜨리며 집으로 돌아올지도 모른다. 하지만 그들의 외침을 기억하는 한 주저앉지 않을 것이다.

드디어 세상 밖으로 나가는 출구다. 이쯤에서 느끼는 설렘으로 발걸음이 빨라진다. 꿈꾸는 자들의 쉼터, 돈키호테의 집을 지나 끝없이 도전과 응전을 반복하게 될 세상으로 한 발 더 가까워지고 있다.

집으로 가는 길

어느 날 돌부리에 걸려 넘어졌다. 늘 다니던 길, 익숙하여 눈을 감고도 다녔던 길이다. 그 자리에 오래 전부터 박혀 있었으나 대수롭지 않게 여기던 돌이었다. 조금만 주의를 했더라면 피할 수 있었던 돌부리였다. 왜 그것을 보지 못했을까. 진즉에 뽑아서 멀리 던져버렸더라면 좋았을 텐데. 여러 가지 자괴의 말들이 일어나서 한동안 걷지 못하고 주저앉아 있었다.

하릴없이 주저앉아 있을 때 나를 일으켜 세워줄 무언가가 절실했다. 우연히 다시 만나게 된 수필이 나를 일으켜줄 고 팻줄이 되어주었다. 바닥까지 내려앉은 나와 나의 삶은 수필을 쓰면서 하나씩 정리되기 시작했고 조금씩 제 모양대로 바로 서기 시작했다.

수필은 흔히들 붓 가는 대로 쓰는 글이라고 한다. 그것은 아마도 물 흐르듯 담담하게 사유를 풀어내는 글이기 때문일 것이다. 그러나 말처럼 붓 가는 대로 술술 써질 것 같았던 글이 문턱에서 턱턱 걸리며 머뭇거릴 때도 있었다. 아마 그 때의 일들과 화해하지 못하고 억지로 이해하고 덮어버렸을 경우가 그랬지 싶다.

수필은 자기 성찰과 반성이 기본인 글이다. 오래전의 나를 만나지 않고는 한 마디의 말도 들을 수 없다. 그때로 돌아가 내면과 깊이 부딪히며 솔직한 고백의 말을 주고받을 때 비로소 화해와 용서에 이르게 된다.

글 앞에 앉으면 자주 지나간 시간을 돌이켜보게 된다. 되돌아보면, 나는 글이라는 테두리를 벗어나지 못하고 자석에 끌리듯 그 언저리를 맴돌았던 것 같다. 감았던 실타래를 풀어내듯 지나온 길을 되돌아 걸어가 본다. 너무 멀리 왔는지도 모른다. 되돌아가는 길을 잊어버린 것은 아닐까 싶어 두렵기도 하다.

시간을 거슬러 어린 시절의 순수함이 잠들어 있는 나에게로 가는 길에서 만나는 것들은 모두 낯이 익다. 길을 걸어오다 시야에서 놓쳐버린 길가의 아담한 풀 한 포기. 가녀린 꽃한 송이. 발길에 채이며 심기를 건드리던 길 위의 돌멩이. 한 곳을 바라보고 같이 걸어왔던 길동무. 무수한 기억들이 말을 걸어온다.

어린 시절의 대부분을 아버지의 자전거 뒤에서, 또는 길 위에서 나의 눈은 세상을 따라다녔다. 아버지를 따라 보러 갔던 진주 개천예술제의 서커스와 차력 쇼, 극악단의 연극은 이야기에 눈을 뜨게 했다.

자라면서 읽을거리를 찾아 다녔다. 소설책은 집에도 많았지만 새로운 읽을거리는 늘 필요했다. 방학이면 친척집으로, 친구 집으로, 이야기를 찾아다녔다. 베르사이유의 장미를 읽으며 앙뜨와네뜨를 사랑하는 오스칼이 되기도 했고, 유리가면의 주인공이기도 했다. 그 당시 유행하던 셜록홈즈와 괴도 루팡의 사건은 학창시절 나를 긴장과 긴박감으로 몰아넣었다.

고등학교 때 읽었던 외국 소설 전집과 국내 소설 전집, 일본 소설은 학교 공부보다 이야기 속으로 더 깊이 빠져들게 했다. 밤을 꼬박 지새우며, 아침 해가 뜰 무렵에야 책을 덮었던, 바깥으로 돌던 나의 감성이 집으로 찾아든 시기였다.

꿈꾸던 국문학도가 되었다. 왕성하게 책을 읽으며 바쁜 학창시절을 보냈다. 더 깊이 읽고 생각하는 시간을 가졌다. 문학서적보다 철학서와 사상집을 읽으며 감수성보다 이성으로 성을 쌓았던 시기였다. 책 밖의 세상과 맞서고 책 속의 세상과 좌충우돌하며 나만의 가치관을 정립한 셈이다. 엄격한 기준을 가진 자아가 일어서기 시작했다.

결혼 전, 잠시 광고회사의 카피라이터로 일했다. 반점과 띄어쓰기, 사람의 마음을 움직이는 문구를 찾아 밤을 지새우기도 했다. 가장 흥미롭게 일했던 직업이었지만 결혼을 하며 그만두었다.

첫 아이를 낳고 몸을 풀자마자 학원 강사 일을 시작했다. 아이들 성적을 높이기 위한 조련사가 되었다. 연역법과 귀납법을 가르치며 일반적 오류와 보편화의 오류, 입시에 합당한 문장들로 아이들을 훈련시켰다. 이제는 삶의 방편이라는 탈을 쓰고 글은 내 주변을 맴돌았다.

영업직으로 전환한 후에는 직장 생활에 필요한 자기 계발서와 마케팅 서적들을 찾아 읽었다. 순수문학은 생활이 되지 않는 글이라 경시하고 비웃었다. 언제부터인가 이성적인 나만 가득하고 감성적인 나는 어디에도 없었던 것 같다.

그동안 방편의 글 속에서 살아온 탓일까. 나를 만나러 되돌아가다 보면 글 속에서 길을 잃어버린 자신을 발견하곤 한다. 필요에 의해 썼던 글 뒤에 나는 숨어 있다. 돌아가기에는 너무 먼 길을 걸어온 건 아닐까 두렵다. 어쩌면 영원히 돌아가지 못하고 머물지도 모른다는 불안감이 밀려들기도 한다.

지나온 길을 되짚어 돌아가다 보면 차라리 아니 갔더라면 하고 후회되는 기억도, 시간과 시간 속에 잘못 쟁여놓은 엉터리 기억도 부지기수다. 낯 뜨겁고 못내 아쉬워 돌이키고 싶지 않을 때도 있지만 그래도 우리는 만나야 한다.

길의 맨 안쪽에는 자아라는 종심이 똬리를 틀고 있어 좀처럼 속을 보이지 않는다. 속내를 털어놓고 말을 걸어보지만 좀처럼 입을 열지 않는다. 그동안 하지 못했던 말, 지금 하고 싶은 말, 앞으로 해야 할 말, 진정으로 하고 싶은 말, 무수한 말들이 꼬리를 감추며 꼭꼭 숨어 있다. 그래서 요즈음 자주, 깊이 들여다본다.

가끔, 아주 우연히 속을 내비칠 때도 있다. 그럴 땐 얼른 알아차리고 말을 건넨다. 어린 시절의 순수함이 잠들어 있는 나의 집이다. 처음 만나는 것처럼 낯설지만은 않은 어린 계집아이다. 세상을 보는 어떠한 기준도 없다. 사물을 대하는 데 있어서 편견도 없고 자신이 누구인지조차 인식하지 못하고 있는 듯하다. 세상을 만나는 순간이 마냥 신기하기만 한 자신만으로도 마냥 즐겁기만 하다.

민감하고 풋풋했던 새하얀 숨결. 흰 눈밭에서 울음을 터뜨리던 여자아이의 시선. 어린 오빠의 잔등에 업혀 꽃신을 떨어뜨리던 계집아이의 두려움을 마주한다. 심장 깊은 곳에 잠들어 있는 나를 흔들어 깨운다. 그리고 깊이 침잠하던 무의식의 세계로 함께 걸어간다. 깊은 속내를 털어놓고 부딪혀본다.

500파운드와 자기만의 방

초판 1쇄 발행 2017년 12월 10일
    2쇄 발행 2018년 4월 30일

지은이 정문숙
펴낸이 강수걸
편집장 권경옥
편집 정선재 윤은미 김향남 이송이 이은주
디자인 권문경 조은비
펴낸곳 산지니
등록 2005년 2월 7일 제333-3370002510020005000001호
주소 부산시 해운대구 수영강변대로 140 BCC 613호
전화 051-504-7070 | 팩스 051-507-7543
홈페이지 www.sanzinibook.com
전자우편 sanzini@sanzinibook.com
블로그 http://sanzinibook.tistory.com

ISBN   978-89-6545-458-8 03810

* 책값은 뒤표지에 있습니다.
* 이 도서의 국립중앙도서관 출판예정도서목록(CIP)은 서지정보유통지원시스템
홈페이지(http://seoji.nl.go.kr)와 국가자료공동목록시스템(http://www.nl.go.kr/
kolisnet)에서 이용하실 수 있습니다.(CIP제어번호: CIP2017031420)